青梅竹馬絕對不會輸的戀愛喜劇

OSANANAJIMI GA ZETTAI NI
MAKENAI
LOVE COMEDY

［作者］
二丸修一
SHUICHI NIMARU
［插畫］
しぐれうい

Kadokawa Fantastic Novels

序章

＊

從窗簾縫隙照入的餘暑陽光讓我醒了過來。

我微微睜開眼，躺在床上望向牆面掛著的時鐘。

九點零三分。

「——糟糕，要上學！」

如此心想的我起床以後，頓時想起今天是星期六。

「唉……虛驚一場。」

這麼說來，昨天是文化祭。我們學校文化祭一定會挑星期五舉辦，所以隔天固定都會放假。

今天是三天連假第一天。我把撥到牆邊的毯子拉回來，打算再睡個回籠覺，但一度甦醒的腦子卻慢慢開始運作了。

有股寒意竄上背脊。我憑著本能不由自主地體認到。

——「不要回想比較好」。

可是隨著我睡醒，記憶也就準備強行復甦了。

什麼都別想……現在顧著睡就好……沒錯，起碼我只求現在……

『我喜歡妳～～～～～～～～～～～～～！』

……………啊。

我不小心想起來了。

一想起來就毀了，記憶排山倒海湧上。

『我發覺了！發覺妳一直都陪在我的身邊！因為有妳待在身邊，我才得到了救贖！以往給妳添了困擾，對不起！往後我或許還是會給妳添困擾，但我需要妳！』

不行，不行，不行不行不行不行不行。

緊急狀況緊急狀況。立刻停止思考。立刻停止思考。

這是心靈危機。不可繼續深入。發布絕對禁令。

總之我得想一些快樂的事……對了，來玩「寫真女星接龍」吧！

我真行！這真是妙招！接完十個人應該就能讓心情平靜！

先從「大」開始。大川果步……好，狀況不錯。接著換「步」。

步……步……

『——不要。』

…………………………………………………………啊～

看嘛，我就知道。所以才說不能去回想。

這種事情一回想起來……

「啊～～～～～～～～～～～！」

我跳上床，把臉埋進枕頭，然後使勁喊了出來。

「蠢蠢蠢～～！我真夠蠢的～～！搞什麼嘛！耍帥成那樣，還轟轟烈烈地被甩掉！這下子，之後要怎麼辦？之後要怎麼辦啦！到了星期二，我有什麼臉上學啊！啊啊啊啊啊啊啊，我該如何是好啦～～～～！」

羞恥過頭，讓我的腦袋都暈了。

搞砸了。連有沒有挽救的餘地都不用想，完完全全搞砸了。

「說真的，我是不是得意忘形啦？篤定贏過阿部以後，告白成功率就有百分之百？還認為小黑絕對會答應？蠢蠢蠢～～！結果不就搞成這樣了！我到底有多自以為是啊！說起來，小黑之前都滿積極地在追我……呃，我覺得她有在追我……何況她都可以設身處地為我著想……所以我才會……真是！**啊**～～～～～～～～～～！」

我拿頭去撞牆。牆面被撞出「叩叩叩」的聲響，我仍不顧噪音反覆撞牆。

「我就是蠢！愚蠢加三級的混帳東西！唔喔喔喔喔喔喔喔！」

「末晴，你一大早的吵死了！」

從隔壁房子傳來抱怨聲。

這是來自志田家的次女——碧的嗓音。

我家隔壁就是志田家，那裡住著長女為黑羽的「志田四姊妹」。

四姊妹相當有名。別說街坊鄰居認識，連在鄰鎮都為人所知。

家有四姊妹本來就算罕見。這年頭光有四個兄弟姊妹都難能可貴，全是女生就真的夠稀奇了。而且四姊妹都長得可愛，簡直可稱為奇蹟。

然而，「這裡就存在著如此的奇蹟」。

——長女，志田黑羽，讀高中二年級。

——次女，志田碧，讀國中三年級。

——三女，志田蒼依，讀國中一年級。

——四女，志田朱音，讀國中一年級。

她們四個被一部分的粉絲稱作「志田家的美少女四姊妹」或者「Colorful Sisters」，還成了崇拜的對象。至於為什麼要叫「Colorful」，似乎是因為四姊妹名字各有一個字是顏色。我認為取外號太直接就不夠格調，卻也覺得這樣簡單好懂。

我房間對面是黑羽的房間，往旁則是三姊妹的房間依序排開。因此，當我在房裡大吵大鬧時，姑且不提蒼依及朱音那對國一雙胞胎的房間，聲音要傳到碧那附近是綽綽有餘的。

碧是堪稱奇蹟的「Colorful Sisters」當中的二姊——然而從粗魯的遣詞用字就可以曉得她在姊妹裡是一等一的粗暴。

「妳才吵啦，碧！」

我衝到陽台朝對方回嘴。

坦白講，這是在遷怒。不過當然也包含了跟碧鬥嘴不必太拘泥的心理。

「什麼話啊，末晴！你是想怪我嗎！」

碧握起拳頭頻頻發顫。拳頭讓人感受到不像女生會有的力氣。實際上，她的手臂就有肌肉隆起。

碧是小黑羽兩歲的妹妹，讀國中三年級。她有一副讓人沒辦法想像是黑羽妹妹的火爆脾氣。

身高一七〇公分的碧比黑羽大兩圈，運動神經更是好得足以活用高個子帶來的力氣及速度，在今年夏天靠網球打進全國大賽。

外表最先吸引目光的應該是那頭男孩子氣的短髮，搭配粗魯性格，碧對我來說就相當於弟弟，然而——其實碧的胸部在四姊妹當中壓倒性地最大。所以她再怎麼男孩子氣，看起來也不會像男的。生為黑羽的妹妹，五官自然長得端正。

像現在碧就穿著T恤配熱褲，完全沒有戒心的家居打扮，健美長腿和堅挺有彈性的胸部卻不由分說地主張她是女生。而且身材太過凹凸有致，衣料都繃得緊緊的。看得出碧還在發育期，原本尺寸合身的衣褲沒多久就會嫌小。

因此我的態度是：「哦～～國中生缺乏韻味的肢體才迷惑不了身為高中生的我喔。」偏向否定調調，但她的身材其實比黑羽好得多，讓人視線都不知道該往哪裡擺。

當然在碧的面前，我都會嚴格避免在這方面誇她。因為她太囂張，講出來就毀了，她肯定會一再重提當成炫耀的材料。

「碧，妳口氣未免太壞了吧。所以妳才會受女生歡迎多過男生啦。」

我怕自己忍不住緊盯對方的目光穿幫，無心間就開口損人了。

這一點是碧常常會吐的苦水。

「受女生歡迎多過男生」。

據說她有時候還會在鞋櫃收到女生放的情書。欸，這種經驗我明明一次都沒有，太奇怪了吧？世上是不是沒有天理？

儘管內心這麼想，年長的我仍要展現胸襟之開闊——

『那是當然嘛。我懂。』

我總是如此表示理解。然後我每次都會跟碧吵起來。沒道理啊……

「末晴！你什麼不講，偏要講這個——」

碧撿起房裡的網球振臂高揮。

我連忙下跪賠罪。

「哇～～！我懂了我懂了！碧，是我玩笑開過頭！我跟妳道歉，拜託今天放我一馬！」

跟碧拌嘴讓我稍微恢復了平常心，但我實在提不起力氣像平時那樣跟她吵。

碧似乎對我這種態度起了疑心。

「你是怎麼了，末晴？這樣不像你。」

她放鬆肩膀，然後用手肘拄著窗框，朝我問了一句。

「……沒什麼事啦。」

「講話幹嘛這樣。我是打算聽你訴苦才問的耶。」

「妳那是要陪別人談心的語氣嗎？要談心，妳也太缺乏素質了。這種事應該交給小黑——」

話說到一半，我的血壓就暴升了。明明只是提起名字，傷害卻這麼大，連我自己都覺得症狀嚴重。

「……你別講到一半就停嘛。」

「……算了。這沒什麼好追究吧？」

「唉～～～～！」

碧刻意對我嘆了超長的一口氣。

「黑羽姊從昨天就怪怪的，你也怪怪的，你們是發生什麼事了嗎？」

「……沒什麼啊。」

「…………」

碧的視線冷漠。

怎樣啦，明明我裝得這麼完美，妳有意見嗎？

「哼！好吧。反正聊到這種話題，我都會被排擠。」

「妳在嘔什麼氣啊。」

「才沒有！」

「有吧。」

「！……不跟你說了！」

窗戶被「砰」的一聲用力關上，然後她就走掉了。

「那女的是怎樣。」

別擺出讓人摸不著頭緒的反應啦。我的腦袋都已經攪和成一團，搞不懂女生的想法了，連妳都這麼難理解的話，實在太令人懵懂了吧。

我嘆著氣轉身準備回房間時，有陣呼喚聲從背後叫住了我。

「那個……末晴哥。」

「是妳啊，小蒼。」

這次從窗口探出臉的人換成了三妹蒼依。

她讀國中一年級，跟四妹朱音是雙胞胎，而蒼依在雙胞胎中算姊姊。

整體看來既嬌貴又纖弱。小小的個子約一百五十公分出頭，卻還是比黑羽高一點。身高被這個妹妹追過時，黑羽可是沮喪得不得了。不過要比胸部大小就是黑羽壓倒性勝利，蒼依的話……期待將來吧。

及腰的黑色長髮綁成了雙馬尾，十分清秀。她在四姊妹當中最像女生，興趣還是裁縫，而且對可愛的衣服、玩偶及甜食毫無抗拒力。

「你跟黑羽姊姊真的沒發生什麼事嗎……？」

蒼依似乎聽見了剛才那段對話。

「就像碧姊姊說的那樣，昨天黑羽姊姊的樣子怪怪的，所以我才覺得擔心……何況從你們剛才的對話聽起來，我覺得末晴哥也一樣……」

蒼依用泛淚的大眼睛對著我說：

「假如有什麼事能讓我盡一份力，請儘管告訴我。或許我能幫的忙不多，但是我會盡力而為的……」

發自內心的關懷讓我不由得放鬆臉孔。

這女孩十分溫柔，甚至會把自己的事情排到後面，令人擔心。

有妹妹風範的妹妹，理想中的妹妹典型之一。這就是我對蒼依的印象。

「謝啦，小蒼。不過呢，這是我必須自己設法解決的問題……」

還讓國一女生來替我操心，真丟臉。由於這女孩什麼話都肯乖乖聽進去，我不禁想說出口，但我總不能把「親姊姊」跟「要好的鄰家大哥」之間的感情糾紛告訴她。

唔哇！想到這裡我才發現，這場感情糾紛還真是扯不清的爛帳。

「這樣啊……」

蒼依一臉落寞。看來她是誤以為自己不受信賴，才無法當談心的對象。她幾乎讓人找不到稱得上缺點的地方，是個乖巧至極的女生，但她對自己的評價偏低，往往有什麼狀況就會歸咎在自己身上。

因此我對她說：

「謝謝妳替我擔心，小蒼。其實光是跟妳講講話，我就相當寬慰了。所以妳別一副難過的樣子，我倒希望妳能引以為傲。」

「哪有……」

蒼依嬌滴滴地雙手在胸前緊緊合攏。

「末晴哥，感到寬慰的是我……不對，是我們才對喔。我總是從你那裡分到活力，也覺得你可以依靠。」

受不了……這女孩真是又乖巧、又可愛、又堅強、又惹人憐愛。這些特質很能勾起保護欲。跟她講話就能療癒心靈，讓我什麼都想為她付出。

「哎，小蒼妳真是好孩子。要不要來我家一起住？」

家裡還有多的房間，她要住下來當我妹妹也是可以。

蒼依一瞬間曾顯得猶疑，卻立刻露出可愛的苦笑。

「……唉唷！末晴哥……你就會鬧著玩……」

「我可不是鬧著玩的。」

有九成算玩笑話啦，不過還有一成會覺得實現的話也不錯。

「……很高興末晴哥肯邀我，可是這樣就對不起愛慕你的人了。」

「對嘛～～！做人像妳這樣就對了，連客套話都會講到『有人愛慕我』……蒼依，我真希望碧能多跟妳學學。」

「去死啦！白痴末晴！」

「呃！原來妳都聽見啦？」

蒼依隔壁房間的窗戶突然打開，碧劈頭就是一句臭罵。

我馬上開口還擊，蒼依便露出苦笑。我遲遲沒有發現她那看似羨慕的眼神。

＊

「呃！原來妳都聽見啦？」

黑羽原本都茫茫然地杵在床上，末晴的聲音從外面傳進來以後，她就完全醒了。

她一開始還覺得心驚膽跳……聽著聽著，不滿的情緒卻逐步累積。

等末晴的動靜總算遠離，窗外恢復平靜，黑羽才把手上的枕頭往地板用力砸。

「哇～～～～～～～～～～！」

她拚命忍住想開窗尖叫的衝動，改成用拳頭出氣。軟拳連連捶在枕頭上。

「小晴根本是白痴！白痴！白痴白痴白痴白痴！全都要怪你！只要你一開始就接受我的告白，就不會弄成這樣……唔～～～～～～！」

黑羽搞不懂自己到底該生氣還是該哭才好。

血一股勁地往頭頂衝，雙頰泛紅，臉燙得幾乎令她目眩。

「我贏了！我肯定是贏了！完全勝利！可是……可是我……要怎麼辦嘛！以後我要用什麼臉去見小晴呢？唔唔唔唔唔……好想死好想死好想死！」

黑羽緊抱枕頭，並且在地毯上滾來滾去。

「黑羽姊，妳怎麼了！」

聲音傳來的同時門板被人一拉，隨即被鎖頭卡住了。不經思考就貿然採取行動，碧的作風正是如此……然而她這種不客氣的舉動卻點燃了黑羽的怒火。

黑羽瞪向門口，還拿枕頭砸了過去。

「不用妳管！碧，妳走開啦！」

碧大概是從砸中門板的枕頭體會到黑羽有多生氣吧。她的聲音僵掉了。

「呃！居然還惱羞嗆人。姊，妳心情真夠糟的耶。」

「有怨言的話，姊姊可以替妳矯正欠管教的個性喔。」

「知道了啦！嘖，末晴也是這副怪脾氣，真不曉得你們怎麼搞的……」

碧喃喃發著牢騷離去。

黑羽確認對方的聲音遠離以後，不知怎地就忽然沒力氣了。

「說真的，我要怎麼辦啦……」

黑羽一屁股坐到地毯上，並且把枕頭緊緊擁入懷裡，好讓不安的自己有個依靠。

「我回敬過頭了……」

感情是不受控制的。

那一瞬間，直到被告白的那一刻，黑羽都是抱著被告白就要答應的想法。儘管內心曾冒出報復的念頭，腦海裡卻已經如此下了結論。

誰教她就是喜歡末晴。假如拒絕以後把關係弄僵了，誰曉得會變成怎樣。

可是——黑羽一不小心就回絕掉了。

她越冷靜思考，越覺得自己做得太過火。

比方說，想報復的話，她大可先答應告白，等交往以後再對末晴好好說教一番，或者改用其他手段回敬也可以。

假如她挑在兩人獨處時回敬，情況再糟糕還是有餘地表示：「對不起喔，可是我會用〇〇補償你。」當成談交換條件就好。

但這次沒救了。在告白祭拒絕對方未免太狠，實在沒辦法大事化小、小事化無。光憑一句「對不起喔，我跟你開玩笑的」終究是打發不掉。

「唔唔唔唔唔，我太笨了……我沒資格罵小晴白痴……」

這完全是自找的。她把自己跟對方連同第三者統統拖下水了。

「能不能把時間倒回呢……」

黑羽不經意拿手機看了日期。

九月十六日，星期六。文化祭已然結束。

「沒救了對吧……唔唔唔唔唔，我在做什麼傻事……」

時間在垂頭喪氣間流逝。

沮喪到後來，從心裡湧上的情緒變成了憤怒。

「只要沒有那個輸家跟我爭，事情就不會弄成這樣……」

明明一直偷看末晴，在班上卻連找他講話都不敢的自大膽小鬼；背地裡又暗施手段勾引人的卑鄙女生。黑羽得知被末晴甩掉的理由出在她身上以後，內心就在想：竟然敢這樣搞鬼，我絕對不放過妳。

現在演變成這種局面，明顯對白草有利。

既然自己拒絕了告白，就不能用跟以往相同的方式和末晴相處。可是白草卻知道了「末晴曾經喜歡自己」的重大真相。對方肯定會積極進攻，黑羽這邊則必須一面防守，一面思考要怎麼用不同於以往的方式出擊。

另外——末晴的表演能力復活了——「還可能有新的煩憂隨之而生」。

黑羽抱頭苦惱。

「怎麼辦……」

令人滿懷恐懼的逆境。雖說是自己一手造成的局面，黑羽仍想詛咒上天。

「可是……我不能輸。」

黑羽起身以後，目光就轉到書桌旁邊的一整面照片上。

當中的一張照片。黑羽拿起小學低年級時在學校隨興留影的照片。那是黑羽母親於教學觀摩日拍攝的一景，當時擔任班長整合全班同學的黑羽跟協助她的末晴彼此歡笑的合照。

黑羽盯著照片，臉就紅了起來。於是她珍惜地把照片捧到胸口。

「——誰教我喜歡他嘛。」

*

「……嗯？」

白草在附有吊頂紗幔的大床中央醒來了。

肩帶於使勁起身之際滑落。白草睡眼惺忪地摸了摸睡衣。光一照似乎就會透過去的長袍型睡衣，上頭鑲著質感柔順細緻的白色蕾絲荷葉邊，觸摸蕾絲來刺激觸覺以便促進醒眠已經成了她的習慣。

「……小末玩偶……」

白草原本就稍有低血壓症狀，起床後遲遲無法清醒。運作不靈光的腦袋最先想要的東西，是她的小末玩偶。

這是六年前末晴不來家裡玩以後，白草祕密拜託女僕幫她縫製的物品。有時會成為出氣對象，有時是疼愛對象，長年來歷經多次版本升級與修理的一件寶貝。而白草目前從枕邊拿到手裡的，則是約一個星期前完成的高中生版本（小末玩偶第5版）。

白草將這樣的「小末玩偶」拿在手上，躺著把它舉到半空。

「他依舊好帥……」

睽違六年見到的現場版小羽之舞，還附歌曲演唱。

長大成為高中生以後，舞步添增動感，變得更帥氣了。

「而我已經可以跟小末相提並論了……」

以往一直憧憬，不停追逐的目標。那化作現實來到眼前，而非虛象。

如今，她本身已成為職業小說家，並不是只懂得憧憬的存在。換句話說，彼此應該堪稱並駕齊驅的存在。

那種喜悅與驕傲可稱作快感，那是讓她感受到以往努力獲得回報的一瞬間。

「小末……」

白草用雙手抓著玩偶的頭，慢慢把它拉到身邊。

目標是玩偶的嘴脣。她將自己的脣湊了過去——

『我——曾經喜歡妳。』

然後在相觸的前一刻打住。

「唔唔唔唔唔唔唔唔唔……！」

曾經，曾經，曾經……

白草起身坐在床上，接著將小末玩偶高舉——並未動手猛砸就放了下來。

「嗚哇啊啊啊啊啊！小末是笨蛋～～！」

白草流下大顆淚珠，還像孩子一樣放聲哭了出來。

「我都已經追到小末了……！我按部就班地努力，讓他迷上我了……！可是……可是……小末他竟然變心了！都已經喜歡上我了，為什麼還會看中其他女生！為什麼他不能只喜歡我一個就滿足……！笨蛋笨蛋笨蛋笨蛋～～～～！」

白草的房間約十坪大，還有完善的隔音設備。但她嚎啕大哭的話，走廊上的人難免會察覺。

消息立即傳開，房間的大片西式門扉被敲響。

「阿白！爹地來嘍！出了什麼事嗎！」

「………」

縱使對方是敬愛的父親，自己也不能在他面前露出哭臉。因此白草決定不應門。

「唔！沒有反應！這樣下去不行！或許阿白是腦中風發作而昏倒了！把備用鑰匙拿過來！」

「其實我也想到大概會有這種需求，鑰匙已經拿來了。」

「做得好！阿白，爹地立刻就到！」

「啊哇哇哇哇。」

內心的倉皇讓白草想不到該說什麼話制止，方寸大亂。

總之門不能開。萬一被打開，背著父親製作的小末玩偶就會穿幫，哭紅的眼睛及身穿睡衣而有失體統的模樣都會被看見。

「——不可以進來啦～～～～～！」

「阿白！爹地這就來救——唔喔！」

白草情急之下拿起枕邊擺的電子辭典一扔，打開鎖的父親剛好進門！

電子辭典不偏不倚地命中父親的頭，讓他直接倒在走廊上。

女僕的冰冷視線讓白草回過神。

「……對不起。能不能請妳想個合適的理由瞞過爹地？」

「……我明白了，小姐。」

白草在內心向她賠罪，並且重新鎖上門。接著她把倉促間丟到一邊的小末玩偶撿起來，默默地凝望著。

「小末是笨蛋——」

玩偶不會回話。然而白草卻莫名滿足。

「——但我好喜歡你。」

終究不會有回應，不過她曉得自己的臉漸漸紅了。

「我還沒輸。我會當著那隻狐狸精面前，把小末的心要回來。畢竟教我能夠要回來的人，好巧不巧就是那隻狐狸精。」

黑羽一度被甩了，但是她再次展開追求，讓對方迷上她。這表示就算被甩掉，還是有可能讓對方回心轉意。

「再說我根本就沒有被甩！小末還曾經迷上我！肯定是距離比我近一點點的那隻狐狸精用了卑鄙手段玩弄小末！」

對對對，小末沒有錯，錯的是那隻狐狸精。肯定是這樣。

不過——

「我該用什麼表情去見小末……」

小末是怎麼想的？以前喜歡過我，現在一點都不喜歡了？沒有這種事吧？假設他對我的喜歡是百分之百，對那隻狐狸精的喜歡只是「暫時」有了百分之一百零一吧？既然如此，四捨五入以後還不是一樣，把潛在性好感跟大宇宙的意志算進去，就是我的壓倒性勝利嘛。這樣的話，要翻盤很容易吧？

感覺機會仍然多得是。可是一想到小末曾經喜歡過我——

「好難為情……」

臉在發熱。我會無法好好看他的臉，會忍不住洋溢笑容。

但我想到末晴現在最喜歡的是那隻狐狸精，反而又氣得想賞他耳光。

「唔唔唔唔唔唔……！」

又快要掉淚了。

白草從小末玩偶背後摟住它，還用臉頰貼著它的後腦杓。

「小末是笨蛋～～……還有我也是笨蛋～～……」

低喃聲在豪華的房裡如漣漪般暈開散去。

玩偶終究沒有回話。

——然後三人的星期二就要來到。

第一章 暴風雨後多雲偶強風，局部地區有龍捲風出現

＊

「喂，你聽說丸跟甲斐的事了嗎？」

九月十九日。十五日星期五舉行過文化祭，中間相隔星期六日與敬老節，籠罩著新氣象的星期二平穩地來到了——原本應該是這樣的。

然而這一天，私立穗積野高中卻掀起了風暴。

文化祭的「告白祭」影片被某人上傳至網路，播放次數在三天內就破了百萬。

光是如此已足以構成話題，更可稱作大消息，騷動卻有了進一步的後續。

媒體記者突然出現；校內廣播若有深意地將【丸末晴】、【甲斐哲彥】叫去；當紅年輕女星桃坂真理愛闖進學校；還有——爭風吃醋的煉獄景象。

穗積野高中屬於一般升學取向學校。「一般」這個詞有微妙之處，藝人要就讀會嫌學力較高，但是以升學取向學校來講又算不上頂尖名校，因此畢業生並未出現過知名的學者。當然社團

活動亦無實力進軍全國，卻也不到荒廢的地步。換句話說，基本上就是一片和平，並非會釀出風波的學校。而這次學校裡出了各種大事，對一直過著平穩校園生活的學生來說，簡直是晴天霹靂。

傳言帶動更多傳言，甚至讓二年B班走廊在下課時間聚集了想一睹為快的人群。對話中會談及的自然就是關於這場大騷動的情報。觀摩者七嘴八舌地像這樣聊著：

「要提到那對笨渣搭檔嘛……該怎麼說呢，我從以前就覺得那兩個傢伙不太尋常，不料居然會誇張成這樣……」

「聽說媒體都在關注姓丸的有什麼動向。」

「關注他會跟誰在一起嗎？」

「啊～～也包括那個啦，不過他被甩掉以後就算有著落了吧。所以大家似乎是在關注他會不會復出演藝圈。」

「沒想到他就是童星小丸本人……說起來那確實不是多常見的名字，但我一直覺得小丸是藝名，之前都認為是碰巧同名同姓罷了。」

「我也是。誰教那傢伙笨成那樣。」

「對嘛。」

「不過他好像是真理愛的初戀對象耶。」

「真的假的？」

「真的。」

「……我還聽過可知叫那傢伙小末的情報，你們知道些什麼嗎？」

「從調查組那裡接到了確有此事的報告。那個笨蛋好像是在當童星時就跟可知有往來了。」

「真的假的？」

「真的。」

「……不過他已經被志田同學甩了吧？」

「可是在真理愛闖進學校的風波中，志田同學似乎有出現打翻醋罈子的反應。」

「真的假的？」

「真的。」

「…………」

「…………」

「……那好，動手吧。」

「動手吧。」

——有如此不平靜的氣息瀰漫而出。

但這裡到底是升學取向學校，沒有人會輕易訴諸暴力。因此嫉妒到發狂的男同學們決定採用其他手段。

*

「我說啊，未晴。」

「怎樣，哲彥？」

「早上真理愛來學校鬧得那麼大，之後你們有聯絡嗎？」

午休。我一如往常在教室跟哲彥面對面講話。

「……把我的信箱帳號告訴她的人果然是你。說真的，包含上傳影片的事，你別再鬧了。」

這次的事情實在連我都掩飾不住憤怒。

我很清楚哲彥的為人有多渣，所以大部分的狀況都如我所料，先不談是否能原諒，我還算抱有一定程度的理解與心理準備。不過凡事都有其限度。

「欸，我可是在生氣耶。你總有其他該講的話吧？」

「知道啦。所以我不就像這樣把午餐奉上了嗎？」

「唔……」

我咬緊牙關。

（這傢伙真的都不道歉……）

臉皮厚到這種程度，感覺也算某種本事了。而且哲彥厲害的地方在於他不道歉，卻懂得準備能吸引人的伴手禮。

「哲彥，你這傢伙……」

他擺出這麼目中無人的態度，可別想用午餐將事情打發——我是有這麼想。連聲道歉都沒有就打算把搞出來的飛機統統抵銷，未免想得便宜過頭了吧。

可是呢……

哲彥奉上的午餐——實在太猛了。

一整客披薩。

我跟哲彥之間的桌子，上頭擺了尺寸大得超出桌面的紙盒。無論怎麼看都是外送披薩的包裝盒。

從盒子裡飄出起司的香味，逗弄著鼻腔。

（這男的……）

我瞪向自信笑著的哲彥。

（打起主意就跟惡魔沒兩樣——）

哲彥這小子，居然想得出這招……多猛的香味……唔，受不了！對肚子餓癟的高中男生來說，未免太能打動人了吧！

「你很賊耶，哲彥！」

「賊？哪有？這叫作『誠意』啦，末晴。」

「唔……！」

在學校吃外送披薩當午餐……即使我有想像過，也從來沒聽說過實現的案例。這是當然的。因為披薩店員沒辦法進來教室，照正常方式點餐也收不到。就算像這次一樣能把東西送到，有人跟老師打小報告就沒戲唱了。

要說在學校吃外送披薩相當於偷嚐禁果也不為過。這就是如此吸引人。

「嗯？你不要嗎？」

哲彥好似看透了我的內心而開口挑釁。

「唔！難道說，你以為我會被這種東西收買……」

「啥？那我就自己吃嘍。」

哲彥輕靈地舉起裝著披薩的紙盒，身體轉了一百八十度。從我的角度看去，紙盒正好被他的背擋住了。而且哲彥就這麼打開蓋子。

香味飄散出來。

濃醇起司、雞肉、美乃滋……鼻子靈敏地察覺到香氣，唾液從口中溢出。

哲彥回過頭，看著我的臉賊賊一笑，然後就用嘴接住差點滴落的起司，並且一口氣朝披薩咬下去。

「啊～～！讚啦～～！」

這句話讓我的忍耐潰堤了。

「哼！看、看你好像還有賠罪的心意嘛，我、我倒是可以原諒你喔。」

我打算委婉表示「要原諒你可以，起碼先在口頭上道歉吧」的意思。儘管如此，哲彥卻假惺惺地把手舉到耳朵。

「咦？我聽不見耶。」

「搞出這麼大的飛機不道歉，還敢向人挑釁，我反而服了你耶！要用什麼方式教養才會變得像你一樣？」

「反正我已經拿出賠罪的意思了吧？你懂的話就吃啊。」

哲彥拿起一片披薩，塞到我的嘴裡。

「燙燙燙！好燙！」

「咦？你在提醒我多來幾下嗎？」

「你著魔了是吧！起碼要曉得硬塞會燙到不行啦！」

黏在嘴脣上的起司燙到皮膚。我伸了舌頭舔掉，然後吞下去。

「……話說，超讚的啦～～～！」

「對吧？」

「不妙耶！這有夠好吃！」

像這樣的熱度、香醇和鮮味！更重要的是在學校吃披薩的悖德感！

哲彥剛好又把藏在背後的披薩紙盒擺到我桌上。

我肚子也餓了，因此就開始大快朵頤。

「好吃！好吃！」

「我看那傢伙是傻子吧……」

「被人設計成那樣，居然吃塊披薩就放過對方了……」

我聽見周圍瞧不起人的交談聲，卻沒有停止吃東西。

不是啦，容我辯解嘛。這真的超好吃耶，哲彥幹的事情說起來是很氣人沒錯，可是事情都過去了，對我而言也不是全然沒好處啊。

對，多虧哲彥私自上傳影片，我才知道了許多事。

尤其是我在社會上仍有知名度這一點。能得知這件事大有幫助。

我離開演藝圈長達六年了，就算完全被觀眾遺忘也無可奈何。然而影片瘋傳之後，甚至成了談話節目的題材。這就表示對電視台來說，我仍然有價值。

還有我的知名度也透過這部影片再次飛漲。

有知名度就能得到注目，有人注目就能賺錢。當然要有正面的形象才會更具價值，但首先沒有知名度的話，想必什麼都不必談了。

若是把重新出道當前提來想，靠影片博取到震撼亮相的機會非常有甜頭。形同跟經紀公司簽約而獲得盛大的宣傳，還以漂亮成功作收。當然這就等於出賣了私生活，因此痛是有痛到，不過成為紅人之後根本也沒什麼私生活可言。與其之後被八卦雜誌挖出來作文章，藉這次的形式曝光比較有助我重新出道，可說算是曝光得有價值了。

我就是因為明白這層道理，即使對哲彥感到火大，要發飆還是有些橫不下心。

「照你的個性來想，搞那些八成都是明知故犯吧？」

「是的話，你想怎麼樣？」

「我沒有打算對你怎樣啦。不過想搞花樣時，先徵求當事人許可嘛。我也就罷了，其他人來找你算帳的話，到時候會落得什麼下場都怨不得人喔。」

話說完，我把披薩吞下去，然後拿了第二片。

就在此時，有東西戳到我的頭。

完全不會痛。回頭一瞥，有紙飛機掉在地上。剛才我的後腦杓就是被這玩意兒的前端射中。

老實說，這不是頭一回，之前就有紙飛機射過來好幾次了。只不過前幾次沒射中我，都落在地上而已。

因此我決定忽視，不放在心上。

「所以說，哲彥，你是怎麼把披薩弄來的？今天因為有媒體記者來過，校門警衛比平時還要嚴吧？」

「嗯？喔，說到這個啊……」

「是我的功勞喲。」

我一抬起臉，就發現眼前有個看似活潑的女生。

個子略矮，大概一五五公分多一點吧。臉長得相當可愛，不過用俏皮來形容或許比較正確。尖尖的虎牙和馬尾讓人留下印象，至於胸部……嗯嗯——？

我不自覺被胸部的起伏吸引過去。

要用一個字來形容……就是「爆」。沒錯，簡直像要爆的炸彈。

某位藝術家說過：「藝術便是爆炸。」而這對胸部應該同樣可稱作藝術。換句話說，藝術＝爆炸＝胸部的等式就此得證了。Q．E．D——證明完畢。

白草的胸部也很驚人，不過要總結成一個字則是「豐」。對於全國農人的感謝之情會隨之湧

現，但以胸部規模來講卻實在不到「爆」的等級。

沒想到這所學校會有此等奇才……

「啊，丸學長，這是我的名片喲。」

「喔，感謝。」

名片上有「包辦萬事　淺黃玲菜」的字樣，還有手機號碼與HOTLINE帳號。

「……包辦萬事？」

「對喲。我叫淺黃玲菜，讀一年級喲。阿哲學長都叫我玲菜，希望丸學長也這樣叫我喲。」

「這樣啊。玲菜，那我問妳，『包辦萬事』具體來說是在做些什麼？」

「只要付得起金額，任何事我都可以幫忙喲。」

「『任何事』……？」

任何事，任何事，任何事……

哦～～任何事啊……

什麼忙她都願意幫嗎……

「那如果是色色的事情——」

「禁止委託色色的事情喲。」

「唔喔喔喔喔喔～～～～～～！」

我受到絕望重挫了。

「可惡！這世上既沒有夢想也沒有希望嗎——！」

「阿哲學長，這個人是怎樣？超好玩的耶！」

「夠笨的吧？」

「就為人來說算好玩啦，但從女性的觀點會覺得他爛透了喲。」

哎呀～～來自學妹的這句發言太傷人了喲。明講從女性的觀點會覺得我爛透了，在至今聽過的吐槽當中算是最傷人的喲。

「啊，妳不用把末晴那些色色的話放在心上喔。這傢伙只敢用嘴巴講，因為他是遜咖。」

「所以丸學長才會想用錢來解決，對吧？好遜喲。」

「你們講話真的毫不留情耶！還有，拜託別討論我遜不遜了！我只是一時鬼迷心竅啦！」

周圍傳來「傻子」、「差勁」之類的奚落聲，但我決定當成沒聽見。

我的頭又被紙飛機射中了。剛才是後腦杓，這次卻從正面飛來。多虧如此，紙飛機掉到眼前的披薩上。

被惡整到這種地步就難以忽視了。所以我撿起紙飛機，把紙攤開來看。

『※警告　別再靠近志田同學、可知同學與真理愛。警告可沒有第二次。』

「…………」

我也讓哲彥看了上面寫的字。

哲彥像演美式喜劇一樣誇張地聳聳肩，而我也跟著模仿。

「嘶嘶嘶嘶！嘶嘶嘶嘶！」

我用那張紙使勁擤了鼻子，然後揉掉丟垃圾桶。

「好啦，不扯那些沒營養的了——」

「為、為為、為為為什麼兩位學長能夠這麼鎮定呢！」

玲菜連聲訝異地問。

「呃，其實我剛才也覺得還沒自我介紹就嚷嚷不太好……所以並沒有多說什麼，可是兩位根本都怪怪的喲！」

「？哪裡怪？」

我反問，玲菜就指了我的身邊。

「這裡怪！」

唉，我確實也認為這種狀況不太對勁。

光是簡略一算，我身邊的紙飛機就有十架左右，此外還有揉成球的紙團掉在地上。桌子旁邊明目張膽地用膠帶貼著「下地獄吧」的字條。全都是嫉妒到發狂的男生們在搞鬼，因為他們無法直接講，才會貼警告字條、丟紙團或者用紙飛機射我。

「這樣可不尋常喲！這裡是地獄的自助食堂嗎！儼然成了恨意和妒意的大熔爐嘛！為什麼你們還能一臉鎮定！」

我和哲彥用眼神溝通後，就聳了聳肩。

「哎，也就這樣嘛。」

「既然沒有人動手來硬的，我還真的無所謂。」

「太強了～～！這兩個人的神經簡直不能跟普通人比喲～～！」

哲彥帶著略顯訝異的臉色問：

「話說末晴，你今天還滿帶種的嘛。平常遇到這種情況，你不是都會說：『我的心臟沒那麼夠力，饒了我吧！』」

「嗯？對啦，我在上午的下課時間確實是那麼想的，不過——」

「——不過怎樣？」

「我適應了。」

哲彥用食指抵著額頭，閉上眼睛，看似在苦惱什麼。

「怎麼了，哲彥？」

「我說啊——」

哲彥難得向我大力主張。

「像你這種適應速度，已經不只是快的境界了啦！」

「會嗎？感到消沉的時候，心裡頭固然會有疙瘩，可是時間一過就會慢慢地覺得無所謂了，不是嗎？」

「這傢伙太扯了，比我想像的還要蠢。難道你平時都會嗑藥？」

「阿哲學長，這個人是怎樣，心臟未免太強了……他是不死鳥轉世嗎？」

「應該算單細胞生物吧。那種東西就算切開來也能夠分裂增生，不會受傷害的嘛。他跟那個屬於同類。」

「啊～～我理解了喲。」

「不對，妳理解個什麼勁啊！局外人說閒話也就算了，被當面這樣講，會讓我受傷啦！」

哲彥輕鬆忽略我的哀求，還搔了搔頭。

「……不過呢，唉，原來如此。我之前都在想，明明你心臟這麼小顆，為什麼還能當人氣紅星？原來是因為呆頭呆腦，振作的速度才快得離譜……仔細想想，以往你都是這副調調……」

「呆頭呆腦就是強喲。」

「玲菜，妳已經完全把我看扁了吧？」

「沒有啦沒有啦，丸大大，我是尊敬你的喲。」

「妳講得有夠敷衍！我出生到現在可從來沒對『大大』這個詞感受過敬意！」

「沒騙人喲。我只是覺得你有點好色、呆頭呆腦，心臟又強得異於常人而已喲。」

「是喔，我完全被瞧不起了。居然被初次見面的爆乳學妹輕蔑成這樣……………奇怪，感覺挺不賴的嘛。」

「別來找我尋求認同啦，呆瓜晴。」

「順帶一提，說女生爆乳構成性騷擾喲。」

這兩個人是怎樣？感情真夠融洽。哲彥應該是被全校女生討厭，玲菜還能正常跟他相處。

「話說，你們兩個是怎麼搭上線的？」

沒先跟我們報備就吃起披薩的玲菜舉起手答話：

「我們國中同校喲。」

「因為方便嘛，我偶爾會利用她的服務。照玲菜的說法，最近從你身上似乎冒出了有錢可賺的氣味。因為她一直吵著要我幫忙介紹，我就讓她帶了披薩過來當介紹費。」

「你有夠誇張的，哲彥，補償我的披薩居然不是你自己掏錢買的。做人能摳到這種地步，佩服。」

「別這麼誇我嘛，亂害臊的。」

「我可沒有誇你一分一毫，人渣彥！」

玲菜興趣濃厚地來回看了我們倆。

「坦白講，我完全不懂兩位學長為什麼能當朋友喲……」

「啊～～對啦，從旁人眼中看來或許會這麼想，畢竟我們兩個常互嗆。說起來，哲彥這個隊友也老是出賣我。」

「看起來確實是這樣喲。」

「但事情不是妳想的那樣啦。彼此當不當兄弟，不是那麼單純就能決定的吧？」

「……？呃，我不太懂喲。那你們為什麼會成為朋友？」

哲彥擺出一副不聞不問的態度，無意加入對話。既然如此，只能照我的想法來回答了吧。

「唉，也沒什麼大不了的理由——」

「啊——」

突然間，玲菜看向我背後，目光就這麼定住了。

她聽得不專心，讓我失去興致繼續講——

「小、小小小、小末……」

突然傳來的聲音讓我嚇得挺直了背脊。

問都不用問就知道是誰，只有一個人會這樣叫我。

「喔～～是、是妳啊，小白……」

「嗯！是、是我……！」

長長的黑色秀髮潤澤如絹絲。銳利的眼光平時都會威嚇旁人，如今卻似乎因為害羞而顯得有幾分嬌弱。

（……可愛到不行。）

要說的話，這也太犯規了吧？水準高到可以上電視或拍寫真帶動人氣的女生用「小末」這種一聽就覺得交情已久的稱呼，還忸忸怩怩地靠近我耶。而且她可是平常都對男生態度冷淡的冰山美女喔。

我才叫了聲「小白」，她就高興得像隻忠犬……假如我當了爸爸，看到女兒這樣會擔心耶。

——儘管我湧出了這樣的情緒，實際上現在要跟白草講話會讓我有所抗拒，因此我有點結巴地朝她開口：

「怎、怎麼了，小白？妳剛才不是先離開教室了？」

沒有錯，白草一到午休時間就跟要好的峰芽衣子先離開了教室，我都有靠眼角餘光看清楚。因為每次下課，走廊上總會聚集圍觀的人群，她會判斷連吃午餐都不得清靜而逃離教室，我認為是正確選擇。

「我、我想、我想跟你說……」

白草支支吾吾。她緊緊抓著便當盒，想繼續說下去，卻滿臉通紅地沉默不吭聲了。

（…………周圍的視線好刺人。）

我們受到了非同小可的注目。我跟白草今天一直避免有交集，因為看過影片而來湊熱鬧的圍觀群眾肯定會注意我們。

「喂，你、你們看那邊——」

「咦？怎樣怎樣？有新進展？可知同學主動出擊嗎？」

「有罪～～～！以前互許約定的青梅竹馬，有罪～～～！」

「不要緊，鄉戶！聽說姓丸的蠢到沒發現可知同學跟自己是青梅竹馬！謝天謝地！這樣女生當然會對他心冷！姓丸的是個傻子實在太好了！」

啊～～湊熱鬧的人果然都情緒高漲了……

喂，你們講的那些閒話全都聽得見喔，順帶一提，你們怎麼對細節了解這麼多啊？別只會濫用考進升學學校的靈光腦袋好不好？

話說回來，不曉得白草在想什麼。即使要找我講話，也可以等騷動平息一點或者用手機聯絡，何必在吃完午餐以後就立刻專程回教室。

「怎、怎麼啦？妳找我，有、有有有什麼事情嗎？」

話雖如此，我也毫無餘裕。受他人注目固然有壓力，老實說，更重要的部分在於講話對象是白草——這攪亂了我的心房。

『——我曾經喜歡妳。』

我在告白祭是這麼告訴白草的。

後來呢，我才察覺到，說穿了這就跟告白差不多嘛。而且不講也無妨吧？即使跳過這一句，對話還是能成立啊。

相隔多年的舞台表演，任由興奮採取行動的後果便是這樣！

坦白講，我在休息時就後～～～～悔到不行了啦！好幾次我回想起來就會對自己的輕率感到掙扎，還把頭埋進枕頭在床上滾來滾去！

當然了，這樣總比單純表示喜歡再被她甩掉好……………………不，關於這件事就別再深入思考了。

總之，我形同對白草告白了，所以覺得沒什麼臉見她。之後又因為影片被上傳，活像遭到一槍斃命。

唉～～～～為何我要講出「——我曾經喜歡妳」這種話啊？老實說，我好想把事情抹消掉。

感覺這麼說的意思就等於：「以前我是喜歡妳啦，但現在可不一樣嘍。」我完全沒辦法想像女生聽了這種話會作何感想……

比方說，女生會覺得：「哦～～原來你喜歡過我……」而產生優越感嗎？

啊～～那樣的話，我就能理解白草之所以有點害羞卻還是願意帶著好臉色接近我的原因了。

女生還可能覺得：「好感是很可貴，但反正都已經明講是過去的事了，就表示現在沒有戀愛的情愫，當朋友正好吧？」……會是這樣嗎？

嗯～～畢竟白草這麼受歡迎，八成也討厭被男生亂追求，會希望彼此當朋友就好倒是有可能啦。只不過，假設白草的心意是：「明明喜歡過又為什麼要變心？」那就應該要生我的氣，所以到頭來仍然間接證明了之前都是我在單戀她。

但是把這些全考慮進去，就會讓人覺得——

唉～～～～～～真搞不懂女生的心啦～～～～！

「白草同學，不要緊喔。」

在白草右後方的文靜豐腴型女生——峰芽衣子幫忙推了白草一把。

（……不要緊？她指的是什麼事情不要緊？）

我完全不懂她的謎樣聲援有何意義，對白草卻起了作用，可以看出她不安似的眼裡正逐漸恢復神采。

「小末！」

「是、是！」

白草的毅然語氣使我不自覺地立正站好。

白草空著的手湊到豐滿的胸前做了深呼吸，然後一口氣把話說完。

「——我們交往吧。」

「…………嗯？」

「…………嗯？」

「咦？」

「啥？」

教室裡瞬間降到冰點。突兀的言語任誰聽了都要停止思考。

在一片寂靜當中，我隔了幾秒才反應過來——

（……咦，難道說，我剛才被告白了？）

我聽出話裡的意思了。

「妳說真的嗎————！」

當我扯開嗓門跳起來以後，有陣柔和沉穩的說話聲就傳到耳裡。

「……是『來往』才對吧？」

如此幫腔的人是白草的朋友芽衣子。

「對不對，白草同學？」

「啊……？咦……？……唔咦！」

白草慢了好幾拍……似乎在旁人覺得「總算有下文了」的時間點，她才體認到自己說的話是什麼意思。臉變得像水煮章魚一樣紅通通的她連忙改口：

「那、那個！你、你誤誤誤、解了！……不對，我的意意意思是——」

白草的舌頭打結了。她在情急下似乎想硬拗，卻立刻發現光靠硬拗實在說不過去，後悔顯露在臉上以後又打算找藉口糊弄過去。

「聽說白草同學的父親和丸同學彼此認識吧？」

透過芽衣子打圓場，我終於搞懂狀況了。

「對、對啊，我跟幾位贊助商見過面，她父親是對我最好的。」

「丸同學，白草同學的父親好像一直對你感到掛心，還說這麼久不見，希望能看到你精神奕奕的模樣……是這樣沒錯吧？」

她和緩的嗓音能安撫人心。

看得出白草眼裡逐漸恢復理性的色彩了。

「沒、沒錯！」

白草挺起豐滿的胸脯，使得披在肩上的黑色秀髮漫舞於半空。

「小、小末，我提到你的事情後，爹地就說希望能跟你見個面，所以我在想下次有空的時候你要不要來我家玩呢！我、我怎麼可能會在教室這種場合提交往嘛！麻、麻煩你別誤會！」

「也、也對，哈哈哈……」

就是說嘛。

哎～～真的嚇我一跳。我還以為心臟要停了。

其實文化祭結束以後，哲彥在回家路上跟我提過「白草和阿部並沒有交往」這件事，所以我才誤認為自己有一丁點希望。

此外，我不知道哲彥從哪裡打聽來的情報，他也有談到「阿部是我的戲迷，還為了讓我振作而自願扮黑臉」……哎，就算對整件事既往不咎，阿部仍是個足以刺激自卑感的型男，因此我實在不太想跟他親近。

「哪有啊，我怎麼可能鬧那種誤會……」

說真的，拜託別這樣。即使只有那麼一瞬間，我還是忍不住覺得：「白草果真喜歡我吧？」太令人難受了。

……要講的話，雖然我才跟黑羽告白過，但白草屬於我的初戀這項事實仍舊不會變。何況又沒有發生什麼足以讓我討厭白草的大事，我只是發現黑羽有多寶貴及美好，對白草的好感度本身並未下降。

跟這樣的女孩子發生「她跟我告白了……？」的狀況，我還是會高興，儘管感到納悶也一樣會心花怒放。所以呢，搞清楚是誤會之後，我就有種先歡喜後失望的感受。鬧誤會的自己活像個小丑，既羞恥又沒用。

（還有，我本身體認到的處境好像跟旁人所見的不一致耶。）

我在旁人眼中似乎很受女生青睞，不過呢，那是錯的啦。

這點很要緊。要認清現實才行。假如我真的受青睞，即使多享點豔福也不為過吧？來個桃色驚喜也是可以啊。

我眼前的現實就只有「告白以後被甩了」。

不，錯了。要談到黑羽——

「『賭上人生做了一生一次的告白，還以為自己百分之百會過關，就慘烈地被甩了』——」

這才是正確的狀況敘述。

另外，要談到白草的話——

「『自己等於已經坦承變心了，女生卻完全沒有生氣，所以恐怕從一開始就絲毫沒有抱持戀愛的情愫』——」

應該可以這麼說吧。

欸，說真的……我實在搞不懂女生。

畢竟連關係最親密又近在身邊，交情也夠久的黑羽都會跟我弄成這樣，換成其他女生，我一定會搞得更糊塗。

所以——

要跟她們講話，我是可以設法撐著裝作平靜啦，不過，目前我有點希望讓自己跳脫出來，不去管喜歡或討厭，也不去管男女關係。

因為我理解到了，以往我都認為被人喜歡是可以無條件開心的事情。我以為面對喜歡的人事物，都只要一直線地向前邁進就好。

但現在——

——我變得也會感到恐懼了。

「我說啊，可知。」

哲彥一手拿著可樂嘀咕。

「妳的本質挺廢的耶。」

「啊～～？」

從白草身上冒出了黑色的煞氣。

「噫……」

玲菜繃緊臉孔，嚇都嚇壞了。初次見面的學姊發出這種氣場，也怪不得她會害怕。是我的話就會馬上溜。

「哲彥，拜託你別因為自己心臟夠強就天不怕地不怕好嗎？有的事情在旁觀者眼裡可是恐怖得很喔。」

「恐怖？你說可知嗎？」

「欸，哲彥，非要繼續深究嗎？」

「小末，不好意思……你後退一點。」

白草把手放到我的肩膀要我安靜，然後交抱雙臂用威嚇的目光俯視哲彥。

「甲斐同學，關於擅自公開影片這件事，你有沒有什麼要交代？」

「啥～～？」

啊～～就是說嘛～～白草也一定會生氣的啊～～

只是，問題在於哲彥絲毫不顯愧疚。

「目前我完全沒有打算原諒你，但既然小末好像多少原諒你了，只要你肯誠心誠意賠罪，我在表面上可以先罷休。」

喔，了不起，有鋪好讓雙方和解的路。我還以為白草會做出更偏激的反應。

……可是，這一套碰到哲彥就……

「我何必道歉？可知，妳在影片裡並不是話題的核心吧。雖然說不上完全沒關係，但妳幾乎沒有被拍到，也沒有吃虧啊。」

「咦——！」

白草應該沒想到哲彥會這樣回答吧。明明她剛才還擺了那麼恐怖的表情，大概是因為得到的反應太出乎意料，氣勢都縮回去了。

這肯定就是白草的本質。原本的膽小性情因為驚訝而顯露出來了。

「你、你簡直——呃——那個——聽、聽著——你、你不是人——！」

唔哇，該怎麼說咧，直接到像是小朋友在鬥嘴耶，心裡頭一急就喪失詞彙力了。當小說家的人還這樣不太妙吧？可愛是很可愛啦。

白草應該是想營造威迫感，卻完全發揮不了。即使她再怎麼橫眉豎目，羞赧的神情還是比較讓人有印象。這跟表演時害羞就會顯得放不開是一樣的。

勝負已定嘍。對於靠擺架子來威嚇周圍的白草來說，哲彥這種刁鑽的人精就是個剋星。假象對哲彥不管用，所以雙方沒得比。

「小白，別爭啦。我已經原諒哲彥了，妳不必在這裡生氣，之後我再扁他就好啦。看在我的面子上，放他一馬。」

「小、小末……」

白草嬌滴滴地在我面前撥弄手指，然後點了點頭。

「既、既然小末這麼說，我倒是可以不追究……」

好哄又可愛。白草實在太像忠犬，我總覺得自己慢慢有種成為人父的心態……

哲彥放鬆雙肩，朝周圍看了一圈。

「這樣我就得到末晴跟可知的原諒啦，所以剩下志田嘍……」

「我怎麼了嗎？」

——就在這時候。

黑羽姍姍來遲……不對，應該算伺機而動吧。她插話了。

我跟黑羽的距離感依舊很近。雖說是插話，她仍從我的肩頭把臉探過來，讓我不由得感受到熱度與氣息。

『——不要。』

掠過腦海的記憶。

我拚命克制住想一邊大叫一邊逃走的衝動，靜靜地杵在原位。

「哎呀，志田同學。**甩掉小末的人現在還想幹嘛？**」

「唔唔！」

白草隨口一句話就輕易割傷我的心。

黑羽狠狠地瞪了回去。

「妳這個人……！」

「哦，怎麼樣？難不成我有講錯什麼？」

「呃……唔……！」

黑羽咬牙忍下來了。

「之前都當眾把話說得那麼絕了，莫非妳還想辯解？不會吧不會吧，志田同學……伶俐的妳才不會這麼做吧？」

「……惡毒。」

「哎呀呀，我好像聽見了令人相當寒心的詞耶。反正我心地善良，要聽妳說個幾句也是無妨喔——來吧，妳請便。」

黑羽側眼瞥著我，一邊開了口。

「……那個，我……呃，我想說……」

然而她沒有繼續說下去，白草便趁機窮追猛打。

「該不會……因為我邀小末到家裡，妳急得什麼都沒想就插話了……不會有這種事吧？啊，真抱歉，我把妳想像得太不堪了。」

唔哇，白草看起來有夠開心。我沒看過她心情這麼好。

「嘖──」

黑羽咂嘴了。白草見狀就哼聲嘲笑，又不斷開口挑釁。

兩人之間的嫌隙無止盡地加深。可以的話，由我介入阻止應該比較好……但身體動不了。

心跳加快，冒出冷汗，腿也在發抖。

「……你怎麼了，小末？沒事吧？」

白草大概是察覺我的狀況有異，就出聲問道。

這使我抬起了臉──

「「啊……」」

我的目光跟擔心我而探頭望過來的黑羽碰個正著。

可愛得足以形容成小動物的眼睛射穿我的心。

發抖的症狀因而加劇，腦袋一片白。清純麻花辮與淡粉紅色的嘴脣讓我怦然心動，比那更深的恐懼卻如雪崩般撲上來。

於是——我的思考回路跳電了。

「唔……唔嘰～～～～～～～～～！」

在心靈回歸野性以後，我靠著從猿猴祖先繼承而來的本能輕盈一躍，躲到白草身後。

「啊，丸大大變成野人了喲。」

「就算他振作速度快，心臟本身還是不夠強……即使已經適應了嫉妒，被甩掉的打擊仍然沒有消化完畢吧……」

「呵呵呵……啊哈哈哈哈！」

高聲笑出來的人是白草。她帶著活像反派的笑容做出勝利宣言。

「哎呀呀～～？志田同學……妳有沒有什麼話想說呢～～？一切原因都出在妳之前的所作所為……誰教妳要甩掉小末呢？可憐的小末……不要緊喔，我不會像志田同學那麼狠心對你。」

白草溫柔地撫摸我的頭。我心裡高興，就用臉頰摩蹭白草的手背。

「唔————」

黑羽咬緊牙關。

「唔呵呵呵，妳的表情不錯喔，志田同學！太適合狐狸精了！我就是想看妳這樣的臉！」

「唔～～哇～～阿哲學長，可知學姊完全變成反派了喲，放著不管好嗎？」

「我第一次目睹可知這麼帶勁的模樣。嘖！糟糕，早知道就拍影片留底。」

「嗯～～大大都變成這樣了，她卻一點也沒有學到教訓喲……」

白草帶著陶醉的表情撫摸我的頭，卻在看我乖乖聽話以後就忽然停下手。

「……我要不要直接把小末帶回家養呢？嗯，就這麼辦。」

「不不不，那可不好喲！」

「白草同學，那樣做未免……」

大概是芽衣子的話讓白草找回了良心，她一臉捨不得地嘀咕：「沒辦法嘍……」並且打消主意了。

「小晴……」

黑羽戰戰兢兢地朝我伸出手。

彷彿摸了就會碰壞的小小的手。從袖子飄來黑羽的香味，刺激我的大腦。

熟悉的手與香味差點就令我安心——

『——不要。』

那段記憶突然閃現。

「唔嘰～～～～！」

「啊……」

我出於本能地撥開黑羽的手，躲到白草後面。

「你會怕呢，小末。」

白草站在我前面，從視野擋住了黑羽。

「志田同學，事情就是這樣，能不能請妳暫時別跟小末見面？」

「……可、可是……」

「讓小末變成這樣的人是妳喔。能不能請妳敢做敢當？先聲明，假如妳要繼續折磨小末，那麼──」

白草換了一口氣才告訴對方。

「──即使要運用**人類視為禁忌而埋沒的知識**，我也會除掉妳。」

「恐怖！可知學姊好恐怖！」

玲菜嚇到不敢領教，圍觀的眾人當然也一樣。

不過在這當下，只有兩個人靜默無語。

「…………」

哲彥觀察在場所有人的表情，陷入思索。

「…………」

另外一個人——黑羽有幾秒鐘面色不改，只顧閉著眼睛——然後她並未反駁白草，默不吭聲地就從現場離去。

＊

時間將過晚上六點，夕陽正要西落至高樓大廈後頭。

沉靜的河川沒有受昨晚降雨影響，無論我怎麼用力扔石頭，始終都願意包容。

「哼～～哼～～哼哼，哼～～哼～～哼，哼哼哼～～哼哼～～哼～～哼～～哼～～哼～～哼哼……」

我一面哼著店家打烊時播放的音樂，一面撿起石頭振臂高揮。從剛才就在打水飄的我設了目標，想讓石頭連跳四下，結果卻只有幾次在水面連跳了三下。

我察覺到《Child Star》的旋律，就從口袋裡掏出手機。

「哲彥嗎？情況怎樣？」

『我正在你家前面，不過沒有任何人。從車站來這裡的路上也都沒有。』

「這樣啊。」

早上曾經有大群媒體記者跑來學校，所以在我回家之際，他們是有可能抓準時機找上門。因此我先派哲彥偵察，讓他用這種形式負起惹出騷動的責任……聽來我家似乎並沒有異狀。

『志田她家前面也都沒有人。哎，總之我先去探望一下。』

哲彥會提到「探望」，是因為黑羽從下午就早退回家。她跟白草發生衝突後，據說是身體不適，就直接去了保健室，然後不知何時便申請早退了。

「喂，你要把狀況交代清楚喔。還有，記得跟她道歉喔。」

我擔心黑羽的身體，可是我目前提不起勇氣問：「妳還好吧？」

早退時有沒有被媒體包圍？現在的精神狀態又怎麼樣？這些都令人在意。因此被我派去偵察自家動靜的哲彥也順便用於調查住在隔壁的黑羽。

『關懷志田要算你的職責吧？怎樣啦，末晴？經過那件事以後，你就討厭她了嗎？』

「這就錯了！」

我衝口答了出來。幸好一下子就答得出口。我認為自己無論發生什麼事都不會討厭黑羽，對於本能會如何反應卻有點沒自信。

『哦～～敢斷言算你了不起。但是你對她多少有點惱火吧？』

「呃，感覺並不是那樣……你想嘛，結果『小黑對我做的事，正是我打算對小白做的事情啊』。被人用自己打算做的事情擺了一道，說起來就是報應吧？所以我想自己沒有資格生氣，只能甘願承受而已。」

『你這套理論，不就是有覺悟死在槍口下的人才夠資格開槍？』

「好像有微妙的差異，但我也解釋不來，就當成是那樣吧。總之，我對小黑的情緒並不是惱火或討厭……」

『要不然是怎樣啊？』

「我跟小黑的交情啊，可以說久得無人能比。即使把男女都算進去，小黑還是遙遙排第一。第二、第三名從缺，第四名則屬小黑的幾個妹妹吧。她對於我就是有日積月累跟山一樣高的恩情及回憶，該怎麼說咧，我先是覺得愧疚，還有就是……害怕。」

『因為她辜負了你？』

「我並沒有覺得自己被辜負，單純是因為我笨，才不懂小黑的想法。我怕的部分是因為自己笨而不懂對方的心。我連自認比誰都親近的小黑在想什麼都沒有搞懂，換成其他女生就更不用說了。跟男生相處的話，畢竟我自己就是男的，即使隨便應付也還是過得去，但碰到女生……我真的不曉得該怎麼辦才好……」

『照我看，你是笨蛋吧。』

哲彥的話太直接，惹惱了我。

「還用你說！我從剛才就坦承好幾次自己笨了啊——」

『不是啦，我的意思是你笨在不曉得該怎麼辦就停止思考。』

「……嗯？」

奇怪，哲彥這段話跟我原本想像的不同。該怎麼說呢，好有建設性的意見。

『呆瓜晴，先告訴你，我追女生也不是百分之百成功，就連百分之五十都沒有。搞不懂的事滿坑滿谷，失敗經驗也多到有找啦。但就是要反省後在下次活用，成功率才會提高啊。』

「……喂，你誰啊？聲音跟哲彥很像，不過你是別人吧？」

『信不信我幹掉你？』

哲彥深深嘆了氣，然後把話題帶回去。

『……哎，我可不想跟志田為敵，這次就照你交代的去她家道歉，順便幫你探個狀況。』

「你都敢滿不在乎地跟小白對嗆了，卻會掛念小黑耶。」

此外，白草有請專人過來接送，所以不用擔心媒體方面的應對。看到黑色的高檔外國車，我重新了解到白草是個正牌的富家千金。

『我說啊，末晴。』

明顯瞧不起人的口氣。假如哲彥就在旁邊，我大概已經不爽到用手刀劈過去了。

『沒啥好比吧。志田跟可知「有區別」，難道你連這都不懂？』

「……什麼意思？」

哲彥無視我的問題又說：

『別扯這些了，你家裡燈開著耶。早上出門忘記關了嗎？』

「不，我印象中有關喔……該不會是小黑家的伯母？我有把備用鑰匙給她，家裡出什麼狀況時就用得到。」

『哦～～總之呢，我來這裡都沒遇見媒體記者，而且網路和電視的熱潮也逐漸平息退燒了，甚至讓人覺得有鬼。說起來，這是我的直覺啦，有某種外力在施壓喔。』

「……不會吧。」

我想得到的答案有「兩種」。雖然也有第三種可能，不管怎樣都要確認過才會曉得。

「那我接下來就回家，關於小黑那邊也要記得報告喔，哲彥。」

『知道啦。』

電話掛斷了。我把手機收回口袋，然後踏上歸途。

「上次來這裡時，有小黑陪著……」

那時候我聽到白草跟阿部開始交往的消息而陷入消沉，就是在這座堤防得到安慰，獲得了勇氣，才決意要報復。

之前我不孤單，所以在回家路上，即使心裡受了傷也不寂寞。

「唉……」

但是，我被黑羽甩了，所以不能再依賴下去。

當然我們身為青梅竹馬的交情應該還是會繼續，不過往後我得認清立場，應該說，以朋友身分，以青梅竹馬的身分，我必須跟黑羽劃清界線。

否則以後黑羽交到男友時，我會妨礙到她——

「唉～～～～～……」

不行……這樣無濟於事……我什麼都還放不下……

那麼轟轟烈烈地被甩，即使心裡認為非斷念不可，還是沒辦法立刻放下……

跟之前被白草甩掉時一樣，明知道自己沒希望，心意卻還在。

不過我並沒有要對黑羽報復的念頭，只有恐懼和愧疚。

心裡開了洞，不安隨之湧來。

我完全不懂自己該怎麼辦，便撿起石頭，扔向河裡。

＊

哲彥掛斷電話後，抬頭看了末晴的家。

兩層樓的房屋稱不上大，供單一家庭居住倒是寬敞有餘。小小的院子裡留有花圃的形跡，但如今只長了雜草。

「像剛才那樣通電話可以嗎，志田？」

「嗯。」

在志田家死角聽著的黑羽探出臉。不過他們倆為了掩飾彼此有所接觸，目光只對上片刻就退回圍牆後頭。

哲彥和黑羽隔著圍牆，來到雙方都只聞其聲、不見其人的位置。

「哦～～哲彥同學，原來你有意向我道歉啊。」

「口頭講講誰都做得到。不過那樣沒有意義吧？」

「……哎，也對。」

「志田，所以妳打算怎麼辦？坦白講，我覺得現況對妳不利，甚至連勝算都看不見耶。」

黑羽露出了苦澀的臉。

「看不見勝算，是嗎……？」

「畢竟末晴那傢伙的心裡完全留下陰影啦。妳光是靠近，就會讓他變成那副蠢樣，連要色誘都沒辦法吧。」

「唔……是這樣沒錯……」

「以形勢來講，可知站在壓倒性有利的位置。不，說不定告白祭本身在她內心留下了陰影，所以完全沒牽扯進來的真理愛往後也許會比較容易出手。」

「……提到桃坂，你覺得她的目的是什麼？」

哲彥短暫思索，然後說道：

「表面上是要讓末晴復出演藝界，這不會錯吧。」

「就是啊。雖然不明瞭『她讓末晴在演藝界復出是想獲得什麼』，但我也有同感。」

不愧是志田，完全聽得懂我用「表面上」一詞的含意。

「其實呢，無論你怎麼說，我都不覺得自己會輸給她們。」

「好大的自信。」

「可是，如果小晴被演藝界搶走，我就不覺得自己能贏了……」

原來如此——哲彥暗自嘀咕。

「畢竟真理愛完全是演藝界的人，在末晴身邊能夠立足，不如說那正是她的本行。只要末晴復出演藝界，距離就可以拉近，也便於施展各種手段。發展到那種局面的話，可知的定位算是介於一般人跟藝人之間的文藝界人士，所以無論末晴復不復出，她還是能保住聯繫。但妳完全屬於一般人，不利的條件層層相疊，到時就看不見勝算啦。」

「唔……對呀。」

黑羽的反應不甚自然，讓哲彥不禁回過頭。

「志田，妳怎麼了？」

「……大概是壓力吧，感覺有點頭昏。但是你別告訴小晴。」

「哎，既然妳這樣要求。」

似乎連黑羽也感到吃不消。被逼得這麼緊，她還可以冷靜地掌握狀況，應該已經夠厲害了。一般都會再沮喪一點，或者在判斷現況時帶入自身期望而欠缺冷靜吧。

「所以呢，哲彥同學。」

黑羽用不容分說的語氣相逼。

「這次你是站在我這邊的吧？照我的料想，你不會偏袒任何女生。假如要偏袒，你會因時因地選擇對自己有利的那一方。至於這一次，『你就是要站在我這邊才能達成目的』，對吧？」

不曉得黑羽看出了多少，又猜出了多少。我非得把內心對她的評價再提高一階。

「ＯＫ。在這場圍繞著末晴的演藝界拔河當中，我挺妳。既然這樣，會構成問題的就是可知，她恐怕位於中間地帶……不對，略偏演藝界吧，畢竟她求的是讓末晴演自己所寫的作品才對。但就憑這一點心思——還是可以翻盤。」

「這方面也算我對你抱有期待的部分。但是發生目標偏掉或者半路起衝突的狀況就不好了，所以我姑且先問清楚。」

黑羽提出了利如刀的質疑：

「——『哲彥同學，你的目的是什麼』？」

明明氣溫仍接近三十度，哲彥卻感受到彷彿頸子被人噴了冷水的寒意。

「當下我是準備先將目標設為『不讓小晴去演藝界就算贏』。只要能達成這一點，即使目前我連碰都無法碰他，狀況還是能慢慢改善才對。」

「我懂妳的論點，也沒打算否定，但要藉此叫我講出自己的目的，是不是有點說不通啊？」

「……哦～要不然，我談談自己的推測好了。今天有個叫淺黃玲菜的女生來我們班嘛，可見那是——」

黑羽朝著天空流暢地講述起來。她說的內容讓哲彥冷汗流不停。

「還有從你的行動來看，演藝界有——」

「——啊～～ＳＴＯＰ，志田，我明白了。既然妳看得這麼透，我招。反正我也不想惹來誤解而與妳為敵。」

「你應該從一開始就這麼說嘛，我又不是想欺負人。」

接著哲彥講到本身的目的——

黑羽則談起今後的規劃——

雙方各自陳述，對內容進行了協調。

「——之後，就可以——到時小晴一定會——」

黑羽編織成串的字句讓哲彥覺得有電流竄過全身。

哈哈，令人打冷顫。這個女生果真與輸到成常態的那些青梅竹馬不同等級。

哲彥有了把握。

——「果然她才是最強的」。

「…………像這樣，你覺得如何？」

哲彥深深吸了一口氣。

「……好、好啊……嗯，對我來說何止沒壞處，還可以達成目的，所以我倒是樂於配合……妳要來這一招喔……」

「是嗎？那就好。」

「不過，『這有可能嗎』……？」

黑羽彷彿對我的問題嗤之以鼻。

「不是能或不能的問題——是要『辦成』。」

「……猛耶！」

讚賞不由得脫口而出。

「志田，我看妳轉生到異世界當軍師會比較好吧？」

「你這是在誇我？」

「當然。」

「唉……」

黑羽看似傻眼到說不出話。

「男生真的很喜歡講一些不著邊際的話耶。」

「在我看來，妳想出的策略才比較不著邊際吧？」

「我呢，是拚了命的，誰教——我就是喜歡小晴嘛。」

冷靜的觀察力；有邏輯又精準的推斷力；果決的執行力。

黑羽固然具有許多靠在校學業成績無法表現出來的優秀特質，但她身為青梅竹馬的最強要素應該是在這一環。

對喜歡的對象敢承認喜歡，有時更勇於當眾講明而毫不遲疑的意志，以及不放棄的心。

她並不是內向又無法表達心意的青梅竹馬。

她並不是沉浸於混熟的關係就大意失守的青梅竹馬。

懂得努力，不欺騙自己的感情，肯全力活用頭腦，率直得令人動容。

（看她這麼專情純粹，連我都會忍不住起意——）

哲彥離開靠著的圍牆。

「我啊，並沒有打算跟誰站在同一陣線，不過將桎梏或利益得失全部都拋開的話，我想我會希望妳能贏。」

「……是喔。那就先跟你說聲謝謝嘍。」

黑羽回得冷淡，不過既然已經宣言今後有可能變成敵人，這也是理所當然的反應吧。

「那麼，可知同學那邊就麻煩你了。」

「知道了，之後就交給我吧。」

黑羽的動靜逐漸從圍牆另一邊遠去。

哲彥擦掉額前流的汗，並且朝身旁的末晴家拋出聲音。

「——末晴，所以我才說嘛，志田跟別人有區別。」

不過呢，就算有區別，「成果還是另當別論」。

雖然也有人把戀愛比喻成戰鬥，兩者之間卻有一個決定性的差異。

「強者未必能贏，最強的人會因為最強而落敗。戀愛就是有可能發生這種狀況」。

「接下來，局面會怎麼演變呢？」

哲彥揚起嘴角，拿出手機以便向末晴報告。

＊

我沒被任何人發現，甚至還覺得不夠過癮就到家了。時間已經過七點，周圍完全暗了下來。

近在右側的鄰居客廳有零碎談話聲傳進我耳朵。看來他們家正要吃晚餐。

志田家是由父母和四姊妹組成的六人家庭，總是氣氛熱鬧又能感受到家族的溫暖。

我母親已經過世，父親又為了工作開始巡迴全國，所以家族有何溫暖可說都是跟志田家學到的。因此光聽見談笑聲就讓我感到寬慰。

從哲彥得來的報告是：「跟志田聊了一下，她似乎沒發燒。只不過大概是壓力的關係，有時會讓人覺得看起來不太對勁。」就這麼回事。

目前從志田家並未聽見黑羽的聲音，卻也沒有嚴肅的語氣夾雜其中。這表示她的病情沒有嚴重到需要家人擔心嗎？還是她沒有同桌吃晚餐？

……隔一陣子以後，我再從她的妹妹裡找個人來問好了。

「啊～～想到這就餓了耶……」

由於我之前都在提防媒體記者，就忘了買晚餐回來。既然中午吃了披薩，假如要叫外賣……還是點個外送壽司吧。總覺得心情不太爽快，我打算奢侈一下下。

想著想著，我把鑰匙插進玄關的門。

「嗯……？」

奇怪了……門是開的。

「咦……有燈光……？」

這麼說來，客廳的燈怎麼會是亮的？怪了耶。記得哲彥好像也提過這一點？印象中志田家有傳出伯母的聲音……這是怎麼搞的啊？

我覺得可疑，便提起戒心開門。

「歡迎回來，末晴哥哥♪」

「…………………」

磅。

門被我默默關上了。我一面呼吸外頭的空氣一面整頓思路。

嗯～～？奇怪耶，會是幻覺嗎？玄關似乎有個可愛的女生……？

輕柔帶捲的長長秀髮；迷人杏眼；水準堪比偶像……不，或許比偶像更高的美少女。

居然有這麼一個女孩子身上穿了教會學校的清純制服搭配圍裙，還跪坐著等待我回家……不可能嘛。

於是門又開了，美少女從門縫探出臉。

「哥哥，你在這裡做什麼呢？來吧，請快點進家門。」

「喂，妳……」

我被美少女硬拽著手臂，進到家裡。

接著她二話不說就鎖了門、掛上鍊條。

「……妳幹嘛鎖門掛鍊條？」

「哥哥，你累了吧？」

「不不不，妳有在聽我講話嗎？回答我的問題啦！」

「哥哥，請問要吃飯呢？還是要洗澡呢？或者說……你、想、要、我、呢？」

「啊，好好好，要問這個的話當然是選妳——呃，不對吧～～！妳等一下～～小桃～～！」

糟糕，挑逗的情境讓我忍不住就陪著對方一搭一唱了。我又因為這一幕光景的發展太違反常理，花了些時間才恢復正常思路。

在我眼前的美少女名字叫桃坂真理愛——

目前最有人氣的年輕女演員，也是我過去在經紀公司視為後進照顧的女生。今天早上，她突然跑來學校鬧得雞飛狗跳，直到要開始上課就離去了——本來應該是這樣，我卻沒想到她已經溜進了家裡……

「……咦？叫我等，是要等什麼呢？哥哥，你怎麼了？」

「別問我怎麼了，應該問妳怎麼了才對！」

「真不愧是末晴哥哥，講話好妙喔。」

即使被吐槽也絲毫不受動搖，固然是要稱作當紅女演員的氣度——但這種死皮賴臉的態度，無疑就是我所認識的真理愛。

「聽好，小桃！雖然我有好幾個地方想吐槽，不過……我家的鑰匙，妳從哪裡弄到手的？」

真理愛把食指湊在下巴擺出思考的模樣，沒多久就做作地——卻可愛到爆表地偏頭笑了笑。

「不不不，小桃，妳剛才想用呆笑混過去吧？」

「……哥哥指的是什麼呢？」

「再裝蒜的話，我就要請妳從家裡離開嘍。」

「……啊～～我想起來了！鑰匙是從天而降的。肯定都是拜人家平日行善所賜！」

「想用這套拗到底，妳的心臟未免也太夠力了！某方面來講跟哲彥有得比！」

當我吐槽到這裡，肚子就咕嚕叫了。

真理愛感嘆似的微笑以後，繞到我背後伸手推了一把。

「走吧走吧，哥哥，飯已經煮好嘍。人家今天努力了一番！我們一起吃吧！」

啊～～演變成這樣，我再怎麼吐槽都無法改變什麼了。

近乎認命的我被硬推到客廳。

餐桌上擺了一盤盤的料理。

加了豆腐和蔥花的味噌湯、馬鈴薯燉肉、炸雞塊、炒青菜、燙菠菜——讓人有些懷念的菜色。全是我愛吃的，每道料理我都好一陣子沒碰了。

「這些菜……是妳做的嗎？」

「是啊，當然了。啊，我現在就把菜加熱，請哥哥先看電視稍等。」

「……已經讓妳費工夫下廚了，這樣不好意思啦。起碼加熱這件事交給我。」

「不然請哥哥幫忙把麥茶從冰箱拿出來，還有飯給你盛好嗎？」

「這點事情我當然肯啊。」

真理愛將料理加熱的手腳相當俐落。看來她說自己做了這些菜並不是誆人的。

「小桃，這些菜色……」

「都是以哥哥愛吃的為主。有哪裡弄錯了嗎？」

「沒、沒錯啦，正是這幾道，但妳怎麼會曉得？」

「人家從以前就想知道關於哥哥的任何事，因此向伯母發動問題攻勢時就得知了這些啊。」

真理愛確實有這樣的特質。她從黏上我以後便想知道任何關於我的事情，還希望能時時待在我身邊。

「這樣啊……謝謝妳嘍，小桃。」

「……謝什麼呢？」

「我沒想到還能再看見這些菜色。坦白講，我很感動。」

她大概沒有想過我會像這樣道謝吧。

真理愛隨之瞠目，還眨了幾下眼睛。接著她慢慢地領會我所說的話以後，就露出看似由衷感到幸福的笑容。

「哥哥說這種話，可不能在吃了以後才抱怨喔。」

「照妳的才華來想，味道不會有問題吧。」

「呵呵，哥哥真會捧人呢。」

這並不是在捧她。

我只是有所了解而已，「對於桃坂真理愛這名少女的潛力」。

我跟真理愛面對面用了晚餐。味道難免跟母親做的有差異，不過真理愛的手藝仍屬出色，我埋頭大吃了一頓。多虧如此，不小心吃過頭的下場就是飯後在沙發上躺平。

「哥哥，我準備了冰品當飯後的點心，你吃得下嗎？」

「啊～～有冰品的話，我有點想吃。」

「好的，那我現在就端過來嘍。」

真理愛未免太熟手熟腳了。明明相隔六年沒見，她真的很懂我，甚至到了令人害怕的地步。

最近真理愛在一齣叫《理想之妹》的連續劇飾演主角，還靠著精湛演技獲得了大群自稱她哥哥的戲迷，不過眼前的真理愛儼然就是「理想之妹」。

可愛又體貼，什麼都願意效勞。

……唉，倘若對非法入侵家裡的犯罪行為視而不見，是可以這麼想啦。

「──所以說，差不多該告訴我妳找上門來的理由了吧？」

我一手拿著冰品問，真理愛就在胸前合攏雙手。

「因為我想跟哥哥講話，在不會受到任何人干擾的地方。」

「……感覺妳不是在騙人，卻也沒有講出實情。」

「哥哥為什麼會這麼認為呢？」

「畢竟妳本來就知道我家在哪裡啊。從退出演藝界到現在，我又沒搬過家。如果有什麼話要講，妳在影片傳開之前就可以來找我了吧？」

「……不愧是哥哥。」

真理愛重新塗了唇膏。

嘴唇多幾分潤澤，本來就已經嬌憐可愛的她更添光彩了。真理愛帶著迷人無比的氣場，靜靜佇立在原地。

「要跟哥哥見面，我確實隨時都能過來。不過『我沒有想到哥哥會就此退出演藝界』，而且聯絡也都沒有收到回應……」

我搔了搔頭。

「抱歉啦。我呢，不太記得那段時期的事就是了，根據我老爸的說法，我似乎狀況不太對勁。他為了避免我胡思亂想去回憶工作的事，連手機都沒收了。所以我沒辦法跟妳通電話，也給不了回應。」

「後來我得知了當中的隱情……如今我覺得那是不得已。」

「對不起。其實幾年以後穩定下來的我有拿回手機，看到妳傳的大量簡訊就傳了回應，但是妳似乎已經換過帳號，所以統統都被系統退回來了。」

「……原來是這樣。」

「因為我的復出仍然毫無著落，雖然我沒有忘記妳，卻實在不方便主動去找妳。如果妳有來家裡玩，我很樂意招待啊——」

「人家猶豫了好久，一直不曉得是否要來跟哥哥見面。」

真理愛介意的應該是六年前——我最後一次跟她見面時的事吧。

「最近，我常常回想起哥哥的事，卻遲遲提不起勇氣……畢竟我們之前是『那樣分開』的——照哥哥的個性，我想大概已經願意包容了，但我沒有契機就不敢行動。」

「所以說，那部影片就成了契機是嗎……唉，關於分開時的情形，我沒有放在心上啦，反而是現在聽妳提起，我才想到有那麼一回事。」

「……哥哥這樣的脾氣，人家很喜歡喔。」

我忍不住歪了頭。

「明明妳是個沒話說的美少女，我怎麼就不覺得心動呢……果然是因為妳從以前就處於妹妹的定位吧……」

「哎呀，哥哥真過分……人家已經長得這麼大了耶……」

真理愛若無其事地將胸脯往前擠，於是上圍隔著制服被強調出來——

「欸，我說啊，妳的胸部比早上還大吧。裡面有塞東西對不對？」

真理愛歪過頭，露出任誰都會想要呵護她的笑容。

「不不不，用笑容也蒙混不了啦。妳以為我被妳捉弄過幾次了啊？」

一般來想，被這麼清純可愛的女生以微笑對待，就會不由自主地對她包容。可是我認識以前的真理愛，我對她熟透了。

真是，這種微笑都不知道讓我為難多少次了……

「哎喲，哥哥……請你忘了那時候的事……」

真理愛鼓起嘴巴。看來當時那些事對她來說成了不可告人的歷史。

「我怎麼可能忘得掉。妳何止跟『理想之妹』差遠了，根本就是個問題兒童。害我費了好多苦心，花了好多工夫照料，簡直像妳的保姆。」

所以我才會用家人的眼光看待真理愛。

「……好令人懷念呢。真的。」

真理愛瞟向遠方咕噥。

「多虧有哥哥，人家才能走到這一步。說出來的感謝都是發自真心的喔，哥哥，你曉不曉得呢？」

真理愛的目光太過正直而耀眼。

對退出演藝界的我而言，真理愛可說是有如妹妹的青梅竹馬，我一直期待能看她成長與成功。我不覺得自己為真理愛做的事情有多麼了不起，不過既然對她來說有所助益，那就令人再高興不過了。

「不，那是妳的實力吧。真虧當年的問題兒童可以變得這麼有人氣。」

「人家討厭會拿往事消遣我的哥哥～～……」

啊，我一懷念就重提問題兒童這件事太多遍了。換個話題吧。

「這麼說來，把媒體記者趕走，還讓網路討論平息下來的人，難不成是妳？」

真理愛嫣然微笑。

「不愧是哥哥，原來你都發現了。是的，媒體記者和網路是人家施了手段。起初的話題熱潮造成了良性的震撼，然而繼續延燒下去的話，感覺之後就會不利於哥哥。哎，算是人家用來代替伴手禮的心意。」

嗯～～原來施壓的是這一邊。在兩種可能性當中，我還以為這邊比較不可能，但真理愛所累積的實力好像超出了預期。

此外，我想到的另一種可能性是「原本隸屬的經紀公司老闆顧及我之後會復出，就在恰當的時機把消息壓下來了」。按常理想比較可能是這樣，因此我有點意外。

「我訝異的是妳有能耐這麼做。」

「人家已經十六歲……讀高中一年級了。跟哥哥分開以後過了六年，能辦到這點事是理所當然的。」

「理所當然嗎……」

有此能耐的女星，除了真理愛之外再無別人。

才能是殘酷的玩意兒，有的人只具備一種，有的人就會具備好幾種。真理愛則是後者的代表性範例，她具備多樣才能——而且每項才能都有非凡水準。

首先是外貌。作為女演員受到重視的這項本錢，在真理愛身上可說十分雄厚。

接著是表演能力。要稱作天分也無妨，真理愛就是有她天生的才華。

目光在每一刻該如何停頓、手部的動作，都會因為些許差異而改變給他人的觀感，但是真理愛都能確實留意到這些，並且在拿捏過後展現出成效。有的人可以靠努力學會這些，她卻年紀輕輕就會了，顯然是有天分的證據吧。

記憶力佳，又有明辨周遭的眼力，還有吸引他人目光的魅力。

然而，真理愛最為過人的才能是——「營造環境的能力」。

外貌出眾，具表演能力。演藝界並不是光靠這些就能出頭天的地方。

運氣便是一例。即使有外貌和表演能力，缺了運氣依舊當不成大明星。

像我正是外貌平凡，卻有過好運氣。因此我不確定自己是否排得進大明星之列，卻也成了名人。

真理愛掌握機會的能力可不同，她不會受到運氣這種變因左右。真理愛有足夠的影響力及頭腦讓身邊的人認同其能力，進而在不知不覺中變成她的聲援團。

我一直看著真理愛逐步使才能開花結果的過程，比任何人還要了解她那壓倒性的才幹。

「……末晴哥哥，人家看過那段影片就受了感動。末晴哥哥果然還是人家最喜歡的那個末晴哥哥。」

「妳講的國語……好像有點毛病耶。」

「不，才沒有講錯呢。而且，人家同時也有了把握，能救我的果然就只有末晴哥哥了。」

「……『救妳』？難道說，妳有什麼煩惱嗎？」

總不會遇到跟蹤狂，或者被人抓著把柄提出了什麼奇怪的要求……？

「事情是這樣的——」

就在此時，門鎖突然被打開，隨即有人拉門，門鍊卡住的聲響傳了過來。緊接著又換成門鈴被連按，鈴聲急得不得了。

「怎麼啦怎麼啦！」

我連忙從沙發起身，就這麼擱下真理愛，朝玄關走去。

「喂～～末晴！掛這條鍊子是要幹嘛！你在家吧！開門啦！」

儘管被門鍊卡著，聲音的主人仍不死心地拉了好幾次門。

難道對方聽不見喀嚓喀嚓的聲音嗎？還是打算把門鍊扯壞？不對，這是故意要發出聲音，好催我趕快把鍊條拿掉吧。

「碧，妳還是一樣粗魯耶。我現在就開，等會兒啦。」

「我才沒有！掛什麼門鍊嘛，錯在你自己要偷偷摸摸吧！」

「居然還怪我！」

「你總不會是帶了女人回家吧！」

「驚！」

我不禁嚇出聲音。

日落時分；佇立於客廳的是在電視上大受歡迎的美少女；年輕男女；兩個人獨處，不可能什麼事情都沒發生——

任誰都會冒出這種妄想吧。不過要辯解又嫌麻煩……好吧，既然找上門的人是碧，我看就算了，不理也罷，就這樣辦。

我放輕腳步聲，準備從現場離去。

「啊～～！末晴，你打算溜吧！講真的，你別鬧了喔！」

「少囉嗦！已經晚上了耶！別給街坊鄰居添麻煩啦！」

「……晴哥，我也在。」

啊，這個聲音是——

我停下準備離去的腳步，把耳朵湊向玄關的門。

「原來朱音也在嗎？」

「嗯。」

這種平淡的語氣，肯定是「Colorful Sisters」的四妹朱音。

碧一個人也就罷了，朱音在的話就不能不當回事。

我連忙撿起真理愛留在玄關的鞋子，然後傳給從客廳探頭觀望情況的真理愛。我把食指湊在嘴邊叮嚀她絕對要安靜，她就比了ＯＫ的手勢退到客廳裡頭。

當我解開門鍊以後，姊妹倆就一舉湧進玄關。

「開門乾脆點嘛！」

講話沒好氣的人是碧。老實說，這女的不能改一下口氣嗎？明明生下來就有好看的外表，這樣可不會受歡迎喔。

「碧姊，說明狀況才重要。」

跟朱音同進同出的女生不在，使我意外地問了一聲：

「咦，小蒼呢？」

「她留在家裡看管黑羽姊。」

「看管……？」

聳動的字眼。我對一口氣飄散出的愁雲慘霧做好心理準備，朱音就催促了。

「碧姊……」

「我曉得啦。」

碧做了深呼吸讓心情穩定，然後一舉吐露出來。

「聽著……黑羽姊變得怪怪的！」

「妳說什麼！」

這句話令人驚訝……坦白講，我能想到的頭緒太多了。

連哲彥的報告也提到了「感覺不太對勁」，換成家人就會明顯看出她有多奇怪吧。我開口向碧追問：

「詳細告訴我，具體來講是什麼症狀？」

「她會跟正常人一樣吃飯了耶！」

「妳說……什麼！」

太過震撼的消息讓我發昏。

「我所認識的小黑……！居然會……！跟正常人一樣吃飯……？這太扯了吧！」

「對嘛！所以才說黑羽姊怪怪的啊！」

「我想到了！她吃魚會淋蜂蜜，對吧！」

「然而她就是沒有淋啊！」

「那小黑有用味噌湯配鮪魚罐頭，或者用醬菜配巧克力嗎！」

「很遺憾……你說的都沒有……」

「怎麼可能……！」

我和碧咬緊牙關，內心受到了重挫。

「晴哥和碧姊還是一樣，說話好過分。話題根本沒有進展嘛。」

朱音用中指推了眼鏡，然後一如往常地用缺乏抑揚頓挫的語調說：

「晴哥，黑姊她看起來——似乎是失憶了。」

「…………………啥？」

今天從早上就有一連串風波。

媒體記者跑到學校，得知影片的真理愛也趕到學校……總算平息下來以後，隨即又換成白草跟黑羽鬥嘴。

放學後仍然餘波未平，在堤防消磨完時間的我好不容易回到家，結果真理愛就守候在玄關，跟著還發生這種要命的狀況。

何止風波連連，颳的已經是龍捲風了。我內心的屋頂被掀翻，心飽受雨淋。

說真的，這下子到底該怎麼辦啊……

＊

「你似乎不相信，所以我再說一次。我認為黑姊失憶了。」

志田家的四妹朱音特徵在於腦袋聰明，數學方面尤其優秀，小學六年級時考過數學一級檢定，連地方的報紙都有刊載。

她讀國中一年級，跟蒼依是雙胞胎，而朱音在雙胞胎中算妹妹。

朱音的體格跟蒼依差不多，不過蒼依的眼角略為下垂，相對地，朱音則是略微上揚。

乍看之下，會吸引目光的應該是眼鏡還有微捲及腰的頭髮。

儀表可說具知性風采。明明是雙胞胎，朱音卻與溫吞含蓄的蒼依呈對比，有副讓人覺得冷漠尖銳的臉孔，實際上講話也缺乏抑揚頓挫，可以感受到合理主義者的氣質。

要講缺點就是難以親近吧。三個姊姊都有社交性，朱音卻帶著孤獨的影子。

小學時，我發現在學校會跟她一起行動的人往往是蒼依，除此之外沒看過別人。或許就是因為朱音頭腦高人一等，才跟身邊同學聊不來。

其實在四姊妹當中，我最仰賴朱音。

那冷靜與追求合理的性子當商量對象正好，找朱音商量時總是可以得到讓人信服的建議。黑羽當然也具備足以陪人商量的見識與能力，卻因為距離和環境太近，很多事情不方便找她商量。就這方面而言，朱音跟我就有適度的距離感。

雖然朱音小我四歲，我還是信任她。從她本身的淡定態度不太容易發現，但我認為她好像也敬愛著我。

蒼依是因為柔弱中帶有堅強而惹人疼愛，朱音則是因為若隱若現的落寞氣質才讓人想多陪陪她。因此我自認在朱音發出ＳＯＳ時就會率先伸出援手。畢竟雙胞胎姊妹的個人色彩雖不同，對我來說卻都是寶貴的青梅竹馬。

志田四姊妹——

——長女，黑羽，讀高中二年級。熱心具社交性的優等生，矮個子的蘿莉姊姊。

——次女，碧，讀國中三年級。個性男孩子氣又粗魯，很好講話且體能傑出，身材棒。

——三女，蒼依，讀國中一年級。內向而習慣禮讓他人的和善清純療癒系。雙胞胎當中的姊姊。

——四女，朱音，讀國中一年級。冷靜且講究合理的智慧派，較孤傲的眼鏡女孩。雙胞胎當中的妹妹。

目前，當中的次女和四女不請自來地進了我家。

內心最信賴的朱音講出震撼發言，使我不得不反問回去。

「朱音，呃……怎樣？妳說小黑失憶……是認真的嗎？」

「晴哥，難不成你覺得我會說謊？」

朱音用食指把眼鏡往上一推。

從冷漠表情和淡然口吻就可以曉得朱音不是會開玩笑的那種人。

「也對。既然朱音都這麼說了，或許是有這回事……」

雖然我信任朱音，但由於內容如此，實在無法輕信。

「我可不認為黑羽姊是失憶。像她那樣，絕對只是想蒙混帶過對自己不利的事啦。不過，我不否認她變得怪怪的就是了。」

看來碧屬於否定失憶派。

「妳說的對她不利，是什麼意思？」

我一問，碧就抓亂短短的頭髮。

「不然你能相信嗎？黑羽姊失去的記憶是從暑假期間算起耶。」

「……咦？換句話說——」

「既然要從放暑假前後算起，等於到那部影片……到舉辦文化祭為止的記憶，黑羽姊都忘光光了啦！」

「……啊～～？咦！慢著……啥？」

喂喂喂，會有這種事情？怎麼搞的啊！表示前陣子的報復風波全都不算數了嗎！

「呃，說到放暑假前後——」

「就是黑羽姊跟你告白完被甩那一陣子。至於她記不記得這件事，我不敢問。」

「啥！」

喂喂喂喂，慢著，那是最重要的部分吧！糟糕，我頭痛起來了……

（——停，等等喔。）

那固然也是問題，可是碧的發言壓根不對勁。

「碧，我問妳，妳怎麼會曉得小黑向我告白以後被甩掉的事？」

在黑羽自己向班上揭露這件事之前，應該沒有任何人知情。我並未聽說碧有跟我們學校的人搭上線，影片裡面應該也沒有提到黑羽向我告白過的事。剩下還有可能是黑羽告訴妹妹們，但她是個精明的姊姊，想必不會對妹妹們自揭瘡疤。

碧後悔說溜嘴似的用手拍額頭，然後把臉轉了過去。朱音仍面無表情，也同樣把臉轉過去。

「原來這件事在妳們姊妹之間都傳開了嗎？」

碧和朱音看過彼此的臉以後，就似乎協議由碧這個年長的二姊開口了。

「黑羽姊當然不會講啊。可是，看舉動和氣氛就曉得了嘛，難免啦。」

「碧居然講得出這麼心思細膩的話……」

「廢話，我也是女的啊！怎麼會不懂！」

「妳是女的？那就該表現得更有女人味啊……」

「啊～～！你這是性別歧視喔！講這種話的人爛透了啦！」

嗯～～碧說我爛透了，還提到性別歧視……問題非常之敏感，像這種時候胡亂反駁很容易遭受多方吐槽。

我朝碧的全身瞥了一眼。

仍舊毫無防備的打扮，T恤配熱褲。明明胸部和屁股都這麼大，服裝穿成這樣何止遮不了，還會強調得更明顯。居然對本身肉體的魅……魄力毫無自覺，又對來自男性的視線渾然不覺……她離心思細膩果然還太遠了。

「……你是怎樣啦？」

「這個嘛……」

為了展現身為年長者的胸襟，我坦然認錯了。

「叫妳表現得有女人味是我錯了。妳已經夠有女人味了。」

「哼！知道就好……呃——咦！」

碧的臉逐漸變得通紅。

啊，這女的到現在才搞懂我的目光和話語有何含意耶。

「咦咦！」

「碧，妳真夠鈍的。現在才遮身體有什麼用？」

羞恥過頭的碧連脖子都變紅以後，就使勁握起拳。

「末晴～～～～！你這傢伙～～～～！色胚～～～～！」

「哈！色又怎樣？妳有多凸有多凹都已經被我儲存在腦裡了！」

「既然這樣，我就把你的腦袋揍到失去記憶～～～～！」

啊～～真不愧是碧，連解決問題的方式都屬於體育派。

「辦得到的話就試試看啊！我會讓妳領教年長者的可怕！」

「憑運動不足的你也想贏我！」

手與手交握，雙方在四臂齊出的狀態下互推互擠。

「唔喔喔喔喔！」

「喝呀啊啊啊啊！」

啊，慘了！碧真的力氣好大。我似乎會輸給比自己小的女生。

「朱音！幫、幫幫我！」

「啊，你很卑鄙耶，末晴！朱音！妳也來罵這個爛透了的笨蛋！」

朱音望著我們纏鬥，一邊思索，然後嘀咕：

「從剛才的對話中並沒有材料能斷定他是笨蛋，但是他對碧姊講的話還有視線確實既變態又爛透了。」

「唔唔唔唔唔……！」

雙方力量失衡，我一舉被碧壓在下風。

這是怎樣！感覺超難受的啦！

我早就聽慣碧的臭罵了，也不會放在心上，可是被疼愛如妹妹的朱音否定真的會令人洩氣。

「朱音真不留情耶！是我耍噁心，對不起啦！」

「抓到機會了～～～～！」

「嘎啊！」

鬆懈的我被碧趁機壓制住了。

屁股重重跌到地板，在玄關摔了跤。

「哈哈哈，活該～～末晴！這就是素行不良的下場！」

「可惡，妳這女的……」

居然得意起來了。別小看年長者喔，下次有機會，我可要讓妳領教我有多恐怖嘍。

當我感到不甘心時，朱音就脫下鞋子，朝我伸出手。

「晴哥講的話和視線確實爛透了，但我並沒有把晴哥當成爛人。我認為只用一件事來判斷一個人的人格是不行的。」

「朱音……」

聽到了嗎？這段有邏輯又可愛的話。

朱音只是想到什麼就會毫不客氣說出來，骨子裡仍是溫柔的女生。

「朱音真是乖孩子！好，讓我摸摸妳的頭！」

「……晴哥，你這樣也是一有差錯就會變成性騷擾。」

「唔——！」

朱音都不太讓人碰。我遲早要讓她變得跟蒼依一樣好親近，這就是今後的目標。

「嘿！末晴，你活該！誰教你老是對朱音和蒼依偏心！」

「妳別囉嗦，碧！」

當我得到朱音伸手幫忙而起身，又一如往常跟碧鬥嘴時——

「你好像很開心呢……末晴哥哥。」

聽見我們吵吵鬧鬧的真理愛從客廳現身了。

「「！？！？！？」」

美少女突然出現，姊妹倆瞪圓了眼睛。

「欸，小桃！妳──！」

「怎麼了嗎，末晴哥哥？她們兩個對你而言就像妹妹一樣吧？人家剛才想起來，你以前有這麼提過──能不能為我做個介紹呢，哥哥？」

可惡，這女的根本是看準了時機跑出來。她原本就不是會安分聽話的角色。

碧自己大概也沒想到「你總不會是帶了女人回家吧！」這句玩笑話確實說中了。她用食指來回指著我和真理愛說：

「末、末、末晴！原來你**被黑羽姊甩掉以後就立刻帶其他女人回家了嗎！**」

「欸！小心我宰了妳喔，碧～～！講話要斟酌用詞吧～～！」

喂喂喂，這被街坊鄰居聽見的話，我會活不下去吧！

「……不檢點……我看錯晴哥了。」

「連朱音都這樣──！」

太傷人了！明明朱音是我想親近的可愛妹妹……可是！瞧，她用這種看待垃圾的眼神……會讓我想死啦！

「……欸，奇怪？」

原本碧一直朝我投以輕蔑的目光，卻突然眨了眨眼。

「這個女生該不會是……演《理想之妹》的桃坂真理愛！」

「咦？」

啊～～對喔。我從以前就認識真理愛，所以不覺得訝異，但一般是會有這種反應的。

我哼哼一笑，自豪地為她們介紹。

「是啊，沒錯。我跟真理愛從童星時期就認識，她是看了那部影片才來找我敘舊的。」

「唔哇～～真的假的～～！這麼說來，末晴你以前當過藝人嘛～～唔喔～～不過這實在太厲害了！什麼情況啊！」

我從演藝界退隱是在小學五年級，那時候碧讀小學三年級。

兩年在小學是很大的差距，尤其這年紀屬於有沒有開始看連續劇都難講的年齡層。因此碧雖然知道我當過藝人，當時卻沒有多感興趣，把我看成鄰家大哥的印象還比較深吧。她似乎就是因為這樣才大受震驚。

「碧，妳會看連續劇之類嗎？」

「因為社團忙著練習，我看得不多，但有流行的劇集還是會錄下來追啦。再說我不想跟身邊的朋友聊不開。」

這女的粗魯歸粗魯，對待自己身邊的人還是會用心嘛。大概是碧自覺像男生所致，她跟女性朋友相處可以看出有過度配合的傾向。我倒覺得她本身同樣有許多優點，即使不那麼做也無妨。

「呃……能不能請教妳叫什麼名字？」

真理愛向碧問道。

趨近之際的身段優雅，臉上笑容又無懈可擊。洗鍊程度跟六年前不能比，散發出的藝人氣場就連我這個舊識也受到震懾。

「噢，啊……好的。」

承受到那種氣場，屬於一般人的碧根本無力抵擋。她身體動來動去，目光也亂飄不定，臉頰泛紅，講話更是變得支支吾吾。

「那、那個，我叫志田碧……讀國中三年級。」

「妳該不會是那段影片裡拍到的（狐狸精）女生的妹妹吧？」

……嗯？剛才真理愛講「拍到的」跟「女生」時，中間好像有一段耐人尋味的停頓……？

「咦！啊……是的。」

碧好像慌亂到絲毫沒放在心上。可是在我聽來，總覺得有某種漆黑的意念流露出來耶……

「很高興妳有看我演的戲，謝謝捧場。」

「對，我有看！唔哇！哇！」

碧看到真理愛把手伸出來，就興奮得抖起肩膀跟她握了手。

「比年紀，人家只是長妳一歲而已，講話可以不必用敬語喔。」

「啊……真的嗎？坦白講我並不擅長用敬語，能省掉的話……感覺比較慶幸。」

「妳是個（好哄的）乖女孩呢，而且可愛。既然妳跟哥哥的關係近似兄妹，考慮到人家跟哥哥的交情，妳對人家來說也就像姊妹一樣。」

「嗯……？」

看來一直被擺弄的碧也覺得話中有鬼了。

嗯，真理愛的這套理論很奇怪，未免跳得太快了吧。

「所以呢，人家特別准許妳稱呼人家小桃姊喔。」

糟糕，她還進一步散發氣場。有別於剛才，那應該算是硬逼人就範的霸王氣場吧？這女的居然想跟碧講輩分。

「別這樣。」

「好痛！」

我輕輕用手刀一劈，真理愛的恐怖氣息就散去了。

「妳喔，對初次見面的碧逼迫個什麼勁啊？」

「因為～～末晴哥哥是只屬於人家的哥哥嘛～～」

「我從以前就吃志田家的飯，所以她們對我來說跟家人一樣，反而是妳叫我哥哥才奇怪。」

「咦～～哥哥好壞心……」

真理愛說著便朝我依偎過來。

「我並沒有要求妳別叫，總之別胡亂嚇唬人就對了。誰教妳身上散發著非比尋常的藝人氣場，一般人會嚇到啦。」

「……哎，既然哥哥這麼說。」

呼～～真理愛總算聽話了。這女的實在好難伺候。

「你跟她挺要好的嘛，末晴。」

開口起鬨的人是碧。

看來碧也曉得真理愛的本性了，結果她似乎就把對方視為敵人，而非自己人。

「哼！還在我們面前秀親密。雖然我知道你以前是大牌藝人啦，難道以後你打算拋棄黑羽姊，再回去演藝界作威作福嗎？」

「都叫妳斟酌用詞了～～！要是害我被其他鄰居誤會怎麼辦——！」

而真理愛插嘴加入了我們的對話。

「小碧……人家喜歡乖一點的妹妹喔。」

啊～～真是夠了，真理愛的競爭心又被點燃了啦！

真理愛帶著全開的氣場仰望碧，碧則是利用自己的高個子從上頭俯視著真理愛來嚇唬她。初見面時的和樂氣氛已經成了過去。

「我啊，可以承認妳是個人氣女星又長得超可愛，不過妳跟末晴會不會黏得太緊了一點？」

「……這樣有錯嗎？」

「不是有沒有錯的問題，我們跟他有十年以上的交情，再說這傢伙和黑羽姊——」

「我記得那一位已經甩了末晴哥哥，對不對？那就跟她無關吧？還是妳本身會排斥人家跟末晴哥哥變成一對呢？」

「唔——不是啦，那個——」

別再扯了，碧。舊事重提的話，我會傷得比妳深。

碧正在找話反駁，反觀真理愛則是低頭行禮。

「啊，對不起……我並不是想跟妳吵架。一談到末晴哥哥的事，我不自覺就……我願意向妳賠罪，讓我們和好吧……？」

手伸了過來。之前曾害羞地回握的那隻手被碧撥掉以示拒絕。

「我就是不爽妳那種高高在上的態度！」

「……是嗎？那麼連拍照都省嘍？趁現在不只有機會跟人家拍合照，還可以把照片上傳到社群網站喔。」

「——咦?」

啊,形勢有變。

「這是致歉的心意,妳肯定可以向朋友炫耀喔。不,還不只這樣呢。因為人家愛惜自己的身價,幾乎都沒有跟別人的合照外流。因此當照片上傳到社群網站時,保證會廣受注目。小碧,假如妳有憧憬的對象,可能就有機會藉此跟對方拉近關係。拓展未來需要有勇氣踏出第一步並且竭盡全力——這是我的想法,妳覺得呢?」

唔~~哇~~該說真理愛果然厲害嗎?就是這樣。這正是她的本質,更是她不靠運氣就能一路拓展星途的本事。有能力就會毫不遲疑地動用能力,設法將事情改變成有利於己。

誘人的果實端到面前,態度排斥的碧遲疑了。

在這類場合只要猶豫便算輸。

「哼!就、就算妳想用這種方式釣人上鉤,我可不會如妳的意!」

「我並沒有那樣的意思就是了……呃,不需要的話也沒關係,因為人家只是想要跟末晴哥哥當妹妹一樣愛護的(凝眼)女生好好相處(以便往後使喚)……」

真不愧是女演員。真理愛態度軟化以後,會讓人受到相當過意不去的罪惡感侵襲。

「我、我又不是另有居心才否定妳的……!」

真理愛露出柔和的笑容。

「那麼，我們肯定能成為（方便的）朋友。畢竟人家只是來跟末晴哥哥敘舊。」

「真的嗎？」

「是啊。妳（真的）是個好哄的乖女生。」

「……喂，小桃，妳說出真心話了喔。」

「啊——！」

「啊——！」

真理愛急忙把手放到嘴邊，然後微微一笑想糊弄帶過。

事情當然不可能就這樣讓她糊弄過去。

「妳果然瞧不起我嘛～～～！」

「人家並沒有瞧不起妳喔，只是覺得妳很好哄啊。」

「還不是一樣～～！」

「妳冷靜點，碧！小桃的為人就是這樣啦！」

我不知不覺就幫真理愛講話了，可見老習慣有多可怕。

明明真理愛可以在我安撫碧的期間安分點，她卻還要找朱音講話。

「不嫌棄的話，妳也跟我當個朋友吧？」

「……不必。反正我對妳沒有興趣，也沒有在用社群網站。」

「可是我也想跟妳好好相處耶。」

「我說過不用了。」

「……這樣啊，我明白（妳很難對付）了。（我絕對要讓妳拜服）下次還願意陪我聊嗎？」

「有機會的話。」

唉，俗話說三個女人湊一起就會吵鬧，但是把真理愛這顆炸彈丟進她們姊妹之間，實在是收拾不了。

我硬是打斷她們。

「不說那些了，言歸正傳！小黑的狀況我明白了。對於這個問題，我打算仔細琢磨對策。小桃現在好像有事情要談，我決定先聽她講，之後我會再找時間討論，碧跟朱音暫且回家吧。」

「真的嗎？」

碧用打量似的眼光盯著我。

我真是沒信用耶。

「當然是真的。我會以小桃為優先也是因為她家住得遠，不好再耽擱下去才做出的判斷。」

「哎，這麼說也對……」

完美的邏輯，就連碧也吭不出聲。

當我對自己漂亮度過這關而驕傲地挺胸時……

「人家要直接留下來過夜也是可以啊——」

真理愛又扔出震撼彈了。

「末晴！你……！」

「冷靜點，碧！還有小桃！妳是故意的吧！我都看得出來！」

「……哥哥，人家不曉得你在說什麼耶。」

「少跟我裝蒜啦！」

「難道說哥哥要處罰人家嗎？六年前，哥哥最喜歡玩家家酒扮醫生了，現在又願意陪人家玩了嗎？」

「末晴～～～～！」

「晴哥……」

啊～碧也就罷了，朱音的視線好刺人～～！

「……抱歉，小桃，我不認為自己能贏妳，當下妳就放過我好嗎？順帶一提，如果妳不肯放過我，無論要商量什麼，我聽都不聽就會直接拒絕。」

「哎喲！末晴哥哥真壞心！還有旁邊的那對姊妹，人家是開玩笑的喔！」

碧和朱音都一副不敢領教的模樣。

尤其是碧……妳的反應太誇張了啦，臉色變得像殭屍一樣耶。

「晴哥，那我們走了。」

朱音彷彿已經達成目的，便轉過身去。

「好，之後再聯絡——」

話講到一半，真理愛就插嘴了。

「——我要談的事情，當下就可以說喔。」

準備回家的姊妹倆停住腳步。

真理愛淺淺一笑，然後緩緩望向我。

「末晴哥哥……拜託你回來演藝界吧。然後，請再跟人家一起表演。只要有你在，人家就覺得會比過去更添光彩。」

真理愛走回客廳，拿了她的包包回來。

「哥哥，這張是經紀公司現任老闆的名片。」

現任？意思是在我退隱以後，老闆換人當了嗎？

名片上是這樣寫的：

「赫迪經紀公司　代表董事　赫迪・瞬」。

我還在時老闆是一位名叫妮娜．赫迪的混血老婦人，她成立了藝人經紀公司，還擁有在一代之間就將事業做大的高超手腕。為人嚴格而又溫柔，經紀公司旗下甚至有許多成員都是慕「妮娜奶奶」之名而來。

「小桃，妮娜奶奶呢？」

我回想起令人懷念的稱呼，並且問道。

「她去年生了一場病……」

「咦，不會吧！」

「……呃，後來妮娜奶奶很快就康復了，不過因為久違地放鬆休息，據說她失去了工作的意欲。所以她把一切業務交給自己的兒子瞬先生，目前正在跟丈夫環遊世界。」

「啊～～那個人的作風是這樣沒錯……」

那個人是活力充沛又爽快乾脆的女中豪傑，起了什麼意就會馬上行動。唉，這符合她的行事風格，既然身體健朗，將來還能見到面吧……

「人家是受了看到影片的瞬先生拜託，才來請哥哥復出的。即使瞬先生沒有交代，人家本來也這麼打算。」

「瞬先生嗎……我甚至沒聽過他的事，妮娜奶奶也都沒有提到。」

「他們母子的關係似乎不太好。」

「小桃，妳對他的印象是？」

「可以確定的是手腕很高明。」

「其他方面呢？比如性格怎樣？」

「我想更詳細的部分要由哥哥親眼確認比較好。先跟他見個面看看怎麼樣？」

「嗯～～這個嘛……」

「哥哥沒有復出的意思嗎？」

「……老實說，有點猶豫。」

雖然我以前當童星有紅過，但還是有六年的空窗期，這段期間只上了一次舞台，還是在學校的文化祭。能否拿出跟以前一樣的水準仍屬未知數，何況我已經是高中生，觀眾客層應該跟童星時期的觀眾客層有所不同。

再說我能在文化祭奮鬥是託黑羽的福。而黑羽現在出了天大的狀況，要擱下她只顧自己復出，我還是會有牽掛。

不過我也覺得必須活用機會。光是經紀公司願意來徵詢復出意願就該感謝了。

「哥哥，可以請教你這個週末什麼時候有空嗎？我想幫忙安排你跟老闆見面。」

「……哎，也是……總之先見個面看看吧。」

當下再怎麼尋思，感覺也得不到結論。不跟老闆見面聽聽他的說法就什麼都無法進展。

「這樣想必比較好。」

真理愛把目光轉向姊妹倆。

「請問，能不能請妳們把這個轉交給黑羽小姐呢？」

真理愛遞出的東西跟我拿到的名片一模一樣。

「欸，小桃，老闆也想跟小黑見面……？」

「是的，瞬先生好像有興趣，可以的話，也希望她能一起到場。」

原來是因為有這件事，真理愛才不讓姊妹倆先回家。

「喂，妳有聽見我們剛才說的話吧！」

碧跟真理愛槓上了。

「黑羽姊現在變得怪怪的啦！妳還找她去演藝界……！」

「人家實在沒有想到情況會變成這樣啊。不過既然都來到這裡了，我認為起碼要轉達完事情才合情理。我認為自己沒有直接過去遞名片已經是有為她設想了。是否要轉交給黑羽小姐，就由妳們決定。」

「……知道了啦。」

碧應該是明白真理愛講的道理了。雖然感覺不情不願，她還是收下了名片。

「那麼人家完成工作了，今天就回家嘍。」

「是嗎？要不要叫計程車？讓妳專程跑這一趟，錢由我來出吧？」

「呵呵，哥哥，你以為我是誰呢？跟六年前可不一樣了喔。」

真理愛對我拋了個可愛的媚眼。

「只要我打通電話，司機一分鐘內就會到。」

「好猛，跟以前差多了。」

「當然嘍。」

真理愛推開姊妹倆以後，就穿上學校的制式皮鞋。

「啊，對了，小桃，我差點忘了。」

「什麼事，哥哥？忘記臨別的吻嗎？」

「妳白痴喔。我是要跟妳講這個。」

我拿出手機，把系統紀錄秀給她看。

HOTLINE的訊息數，五十七則；來電，十四則。從早上到現在——半天左右就這麼多。

「唔哇……」

「她是跟蹤狂嗎……？」

這是理所當然的反應吧。在常人的認知當中就是這樣。

「這樣實在太過火了。我不會叫妳別聯絡，但是要節制一點。」

我會對哲彥發脾氣說「別擅自把我的帳號說出去」就是因為如此。其他人也就罷了，告訴真理愛會有這種後果是顯而易見的。

「……啊，司機來接人家了。那各位，再見嘍。」

「妳喔！說完『對不起』或者『我會改』再走啦！」

真理愛在這方面跟哲彥類似。或許要在演藝界生存，心臟就必須這麼夠力。

倘若如此，我大概不行。這樣復出演藝界以後撐得下去嗎？

我有想到這一點。

＊

真理愛離開以後，我把碧和朱音領到客廳，然後端了茶給她們。等她們倆都歇下來之後，我就把學校發生的事情——從真理愛闖進學校到黑羽跟白草互不相讓——簡略地做了說明。

「原來如此……」

「看來事情對黑姊造成的壓力確實強烈到失憶也不奇怪。」

她們倆似乎都已經釐清來龍去脈，才各自點了頭。

「好～～我對事情有一定程度的理解了……話說，末晴。」

「怎樣啊，碧？」

「你現在到底要怎麼辦啦！說真的，我認真問你！」

「呃，問我怎麼辦，妳是指哪個部分？」

「首先就是黑羽姊的事啊。」

「唔——！」

我摀住胸口。

聽人提到黑羽的事，我就會嚴重心悸。腦海裡似乎又要浮現那句台詞，逼得我必須拚命想寫真女星的名字來平撫情緒。

「喂，末、末晴！你是怎麼了啦！」

「碧姊，有鑑於目前為止的狀況，晴哥肯定也承受了相當大的壓力，再逼迫他會有危險。」

「或、或許是這樣沒錯啦！」

即使聽了朱音分析，碧在心情上似乎還是無法信服。

「首先晴哥已經被黑姊狠狠甩了，這足以導致臥床不起。」

「唔唔！」

朱音的舌鋒可銳利了。白草會掏空心思講重話來威嚇對方，朱音卻是毫無惡意地用平淡的語氣直取要害，就跟重拳打在身體一樣，那種痛是由淺至深慢慢發作的。

「當時的場面被拍成影片上傳播放了超過百萬次，更是足以導致輕生。」

「唔呼！」

「妳、妳等一下，朱音！」

「現在卻聽說黑姊被逼得喪失記憶，只能說事情已經嚴重到非得切腹謝罪不可的地步——」

「不不不，我可沒有說得那麼誇張喔，朱音！」

「唔…………唔嘰~~~~~~~！」

我的壓力指數輕易破表，理性被本能覆蓋過去了。

「喂，末、末晴！你發什麼毛病啦！」

「呼~~~~！」

化為類人猿的我立刻躲到碧背後，只露出一張臉來威嚇朱音。

「不行，他聽不懂人話了……這傢伙心裡受到的傷害也滿深的耶……」

碧發出嘆息。

朱音感到愕然。

「晴、晴哥……對不起。我並沒有那種意思……」

我看見朱音愧疚的臉，便迅速恢復理性。

她在這種時候會露出著實沉痛的臉色。這女孩比誰都清楚自己有什麼不足，卻無法改善。這些心思都顯現在臉上。

朱音有時候腦袋一運作就停不住，而且她有智慧可以認清這是缺點，自責的情緒也就更深。

正因如此，我認為盡可能讓朱音放寬心是自己的職責。

「我彈。」

「好痛！」

我用手指彈了朱音的額頭，她就扶著額頭，連忙用中指將差點滑落的鏡架往上推。

「年紀小的人只要單純道歉就好了。」

「……可是——」

「朱音，妳總是想太多。妳剛剛就已經想了好幾種道歉的方式，對吧？」

「……大約四十三種。」

「有夠多！」

不愧是被期許將來會成為學者的孩子。

「像這種時候，年紀小的一方責任就是發自內心道歉。」

「……嗯。」

「年長的一方責任則是笑著原諒對方。不肯原諒的人就是爛貨，別跟那種傢伙有牽扯。」

「……你這是從哪裡學來的台詞啊？」

碧從旁邊吐槽。

「啊～～印象中是迷幻蛇樂團裡的某個人。」

「呃！你跟迷幻蛇也有來往嗎……啊，對喔，透過《Child Star》搭上線的吧……老實說，我超迷他們的耶！下次的新歌據說會跟地下樂團時期一樣走偏激路線，你有聽到什麼消息嗎？」

「不不不，我曾經跟他們有接觸沒錯，但是退隱後就沒再聯絡了，所以不會得知什麼啦。」

「這樣喔～～雖然我也完全想像不出你跟迷幻蛇樂團的人講話會是什麼情境就是了。」

「他們原本是不良少年，所以外表看起來超恐怖的，不過他們都非常熱心喔。」

「真的假的？完全無法想像耶……」

朱音稍微放鬆了她那文風不動的表情。

「晴哥會記得這段台詞，就表示晴哥認為有記下來的價值。我想當中是有其美好的內涵。」

這女孩只是不善表露情緒，內在仍是乖巧的。連這份笨拙在內，我覺得她很可愛，所以我都會盡量對她講明這一點。

「朱音跟碧不一樣，是個好孩子呢。」

「呿！反正我就是壞孩子嘛。」

不行不行，跟她們倆講話根本無法談下去。雖然說彼此是感情跟家人一樣的青梅竹馬，她們依然是國中女生，待在不屬於一家人的男性家中並不健全。

想到這裡，我決定繼續談正題。

「總之，老實說，目前要思考戀愛這件事會讓我有點難受。」

「…………」

「…………」

為什麼妳們倆都不吭聲！還若有深意地互相使眼色是怎樣！

「可是，我也不認為小黑的事情可以就這樣放著不管。假如妳們有什麼對策，我也有心出一份力。」

「對策是嗎……」

碧擺出思索的模樣，但她絕對什麼都沒有想。

「朱音，妳覺得呢？」

看～～吧，她果然把問題拋給朱音了。這女的光是思考三秒鐘就會讓腦子發燒。

朱音豎起食指轉呀轉地繞了起來。毫不知情的人會以為她在呼喚幽浮，但這其實是她在專心思考的證據。

「……首先，我完全猜不透黑姊的心理狀態，應該說無法捉摸她有什麼動向，所以由晴哥主動找黑姊講話感覺是有危險的。」

「嗯。」

「我認為我們先跟黑姊說明一遍會比較好。比如她向晴哥告白過，還有影片的事情之類，她在學校大概也會耳聞，所以由身為家人的我們先告訴她才妥當。」

「哎，也對。那我們回家以後，就三個人一起向黑羽姊說明吧。」

碧也表示贊同。

「說明完以後，大概就到明天了，我想黑姊照樣會找晴哥講話。到時候希望晴哥要處變不驚，可以的話，最好也幫我們顧著黑姊的動向。」

「……說得是。」

想到黑羽的事情，被甩的那一幕總是在腦海揮之不去。

但目前黑羽正面臨重大變故，要是我自己亂了陣腳像什麼話。

「好，我明白了，我們兩方面彼此配合，如果有狀況就立刻聯絡。」

「麻煩你了。還有，晴哥。」

「什麼事，朱音？」

「假如你能復出演藝界是很令人驕傲——但我會覺得寂寞。」

「！」

直率的話語，因此深深說進我的心坎裡。

「但是，我也覺得阻止不了你。」

「朱音……」

由於這女孩身上有孤獨的影子，當她露出落寞的神情，我就會湧上一股情緒，想要順著她的意。

「我倒覺得復不復出都可以耶，照末晴喜歡的去做就好了嘛。」

碧還是老樣子。但仔細一看，也許她有點寂寞。

「不過，倘若我只能奉勸一句——」

「嗯？」

朱音有時會擺出預言者般的臉。對，正是像這樣目光清澄，又充滿把握的時候。或許這個聰穎的女孩能看見常人看不見的東西。

「即使選擇復出，希望你並不是出於逃避戀愛的消極情緒，要憑著積極正向的念頭來做選擇。因為這在晴哥的人生中八成會成為一項重大的選擇。」

這女孩才讀國中一年級吧。

當我讀國中一年級時……不行，還是別想了，連比較都令人羞恥。她到底是我內心最為仰賴的對象。

「謝啦，朱音。」

我牽起朱音小小的手，用手掌緊緊裹住。

「我會認真思考看看，以求做出無悔的決定。」

「晴哥……欸……手……手……」

朱音滿臉通紅地這麼嘀咕。

受不了，明明她講得出那麼率直的話，卻意外地害羞又惹人憐愛。

我驀然看向旁邊，就發現碧沒轍似的搔著頭。

＊

隔天，我難得早起。理由有好幾個，然而意識醒過來了是最大的主因。

多虧如此，我竟然還做了中午要吃的便當。一年都未必會有一次這樣的稀事。

但時間仍然有餘，因此我細細品嘗了平時吃早餐只會往肚子裡塞的麵包，整理頭髮也從花三十秒變成五分鐘，還坐上沙發看起當背景音開著的電視，從容地確認自己在本日占星的運勢。

「天秤座的你……今天戀愛運最為低落！」

「啊！是喔。」

我悄悄地換了頻道。好，就當沒看見吧。

明明是早晨時段，時間卻有餘裕——其實，我的心卻毫無餘裕。這全都是因為昨天碧捎來的聯絡。

『總之我們把知道的事情都跟黑羽姊說了。』

『她的反應是？』

『嗯～～算滿冷靜的啦，看起來好像不太有真實感。』

『嗯……』

失憶症本來就讓人摸不著頭緒。呃，以現象來說是能理解，比方連續劇裡有演到連自己名字都記不起來的情節。這麼一來，我就會感到疑惑：「為什麼連名字都不記得的人還會講國語？」既然記憶回到嬰兒水準，應該要連語言都忘記才對。想歸想，也有可能這類情況在醫學方面並不算罕見，只是我無知而已。換句話說，即使再怎麼用腦子思考原理也不會搞懂，因此我不知道該怎麼接納黑羽的這種反應才好。

『她不去醫院嗎？』

『黑羽姊本身似乎沒有想太深，只說「不用啦不用啦」就拒絕了。』

『伯父伯母呢？』

『反正對生活沒有造成妨礙……就再觀察一陣子狀況吧。他們的態度是這樣。』

『……是喔。』

她失去的記憶太有針對性了吧。既然造成失憶的原因是壓力，考慮到消失的部分正好只有跟壓力相關的那段記憶，事情便說得通。可是，以往建立起的青梅竹馬關係面臨劇烈轉變，我的想法也逐漸有了變化，當彼此即將展開新關係時——就弄成這樣。

唉～～～～～～～叫我如何是好啊～～～～！

『然後呢，黑羽姊似乎想找你談一談，所以明天要跟你一起上學。她是說希望早上過去接你，沒問題吧？』

『唔……』

我心臟怦通一跳。

平時我並沒有跟黑羽一起上學，但是在教育旅行、考試和運動會等嚴禁遲到的日子，黑羽就會專程來接我。因此我並不排斥跟她一起上學，卻難免……克制不住內心的動搖。

對黑羽的信賴、感謝、友情、親切感、受吸引的情愫——和恐懼。

這些都攪和在一起，老實說尚未整合好，要單獨相處會讓我覺得負擔甚鉅……可是又沒有理由拒絕。

『末晴，你可別溜掉喔。』

啊～～可惡。碧居然先發制人堵住我的退路。

總有口氣好一點的說法吧，不過這大概是她激勵人的方式。多虧如此，我確實提起勁了。

『好啦！我知道了啦！明天早上我會等小黑來，然後就跟她一起上學。這樣行了吧？』

『真是，別讓人替你操心嘛。』

雖然碧為人還不錯，但是聽到這種粗魯的講話方式，真的沒有男人敢靠近喔。

心裡想歸想，但講出口就會吵起來，因此我道謝後就掛斷電話了。

——就這樣，早晨來臨。

時間是七點十五分。平時我都是四十五分出門，所以還早了三十分鐘。

叮咚～～！

門鈴響起。

隨後我從沙發起身，拿起擱在身旁的學校制式書包，動作像個快要故障的馬口鐵人偶一樣前往玄關。

「小晴……………………早啊。」

身穿制服的黑羽站在玄關。朝陽透過玻璃照出她佇立的身影，可愛得縱使我不情願也會心跳加速。

不過該怎麼說呢——跟以往有點區別。

如果用一句話來形容，就是「在至今所見的印象中最有女生味」。

當然，黑羽跟碧不一樣，她原本就很有女生味，現在卻讓我覺得比以往還要高出一截。

我全力運作腦袋，思考是哪裡跟平時不同，就想到了一個貼切的形容詞。

此刻的黑羽全身散發出「羞澀」。

臉頰紅潤，視線轉到旁邊，卻又不時偷瞄我這邊，快要四目相接時就會連忙逃避，改看其他方向而表現得忸忸怩怩。

黑羽跟我是同學，角色定位卻歸類成熱心大姊，因此要談到她跟我之間的相處屬於主動或被動的話，要算在主動那一方。搭話跟吐槽當然都是以黑羽先開口居多，正因為這樣，她現在的反應感覺莫名新鮮。

怎樣啦，小黑？妳是還剩下一次變身的最終頭目嗎？亂可愛的耶。

「喔！小、小黑～～早、早早、早安啊！」

有別於平時的可愛讓人在開場就被修理得七葷八素，而我還是拚命觀察情況。

她記得多少？有什麼樣的心境？這種羞澀代表著什麼？從何而來？

選錯的話似乎就會深陷泥沼。目前我設法壓抑住恐懼的情緒，但是那些心魔仍纏在我腳邊，隨時想找機會把我推落沼澤底部。

但我不能輸給恐懼。無論這陣子狀況如何，若是以「賣人情」與「欠人情」的角度來檢視我跟黑羽之間的關係，那我就是「積欠了還也還不清的恩情」。現在黑羽處於失憶狀態，正是讓我回報恩情的時候。我只能面對，而非逃避。

「……總覺得，事情好像變得很誇張呢……」

黑羽依舊不肯跟我目光相接，並且開口嘀咕。

嗯～～碧之前表示黑羽能理解緣由，卻好像體會不到真實感，感覺是有精確闡釋出狀況。

有許多事出門以後就不方便問了。

我這麼想，試著豁出去問道：

「小黑，妳記得多少事情？最後有印象的時期是？」

「……………………放暑假前一陣子。」

這部分也跟碧的情報相符。再來就是關於告白方面……情非得已，問吧。

「那樣的話，妳記不記得我甩掉……」

「是我向你告白，然後被甩掉對不對？接著又發生了許多事，你就在告白祭跟我告白，結果卻換成我把你甩掉，對不對？」

「對、對啊……」

真是夠了，像這樣聽她回顧，短短一個半月的期間未免動盪過頭，太嚇人啦！

「小晴，我記得的部分是到決定向你告白為止，不過之後的事就完全沒有印象……即使妹妹們告訴我，感覺也像是故事裡發生的情節，或者應該說聽起來有種都與我無關的感覺……」

「這樣啊……」

所謂的失憶，滿令人哀傷呢。要說的話，或許那是帶有痛楚的一段記憶，卻留下了深銘於內心的回憶。無法跟黑羽共享，令我不由得感到哀傷。

「所以說——」

黑羽在胸前撥弄手指。

「小晴，我不曉得該對你擺出什麼樣的表情……明明我好喜歡你，卻莫名其妙地甩了你……從影片來看，我當著那麼多人的面前狠心對待你……那樣子，應該讓你受了相當深的傷吧……所以我不知道該怎麼辦才好……」

「！」

她說……什麼？

這樣啊，目前黑羽心裡已經不存在「自己向我告白後被甩」的事實，還有「我向她告白後被甩」的事實了……因此，現在的黑羽等於是「原本正準備對我做第一次告白的純真無瑕的黑羽」嗎……！

該怎麼說呢，狀況可以形容成彷彿只有黑羽一個人穿越到了未來嗎？或許失憶就是不需要依靠科幻便能讓人在現實中穿梭時光的形式。

我仍未理解自己為什麼會被甩，現在對於其中的理由還是非常介意。

可是「彼此互相告白過，然後被甩了」的事實卻傷害到雙方，還成了讓我們遲遲無法前進的一道高牆。既然那已經從黑羽心裡消失……問題就可以一舉化解。

剛才黑羽說了她喜歡我。

正該如此沒錯。既然記憶回到向我告白的前一刻，這是當然了。她甚至提到自己「狠心對待我」、「不曉得為什麼會甩掉我」。那是我被黑羽甩掉以後一直想聽她講的台詞。

「小晴，我問你喔。你是怎麼想的呢……？我不明所以地狠心對你，你還喜歡我嗎……？」

「我、我——」

我似乎是高興過頭，眼睛都快花了。

好感仍然明確留著，本來就沒有讓我討厭黑羽的要素存在。我想像不了沒有黑羽的生活。

所以——

「我——」

——喜歡妳。

我想這麼說，喉嚨卻發不出聲音。

「…………？」

話遲遲沒有說下去，感到疑惑的黑羽偏過頭。

此刻，我出現了幻聽症狀。

『——不要。』

即使現在告白，黑羽八成也不會這麼說。

我如此心想。不，我相信。不對，我希望相信。

連一萬分之一都不可能，或許連百萬分之一都不到。

但是——

我不小心想到或許有一億分之一的可能性又被她這麼說。

黑羽的失戀之痛應該靠著失憶消失了吧。

但我還留著。傷痛仍然在我心裡——刻得這麼深。

「……沒關係，小晴，不用多說了。」

黑羽露出苦笑。

「果然，我已經深深地傷害了你……對不起……」

「小黑……」

「那麼，我希望能夠彌補你……」

黑羽有意牽我的手。

「啊……」

一如往常的柔和香味飄過鼻子——我不自覺地後退了。

黑羽隨之瞠目。可以看出她受了精神上的打擊。

「抱歉，小黑！我並不是那個意思……！」

我立刻對自己不慎做出的反應感到內疚。

當我深深低下頭，有陣嘀咕聲就落到頭上。

「果然，這麼嚴重……」

「咦？」

「沒有，沒什麼事。」

黑羽轉過身背對我。

「小晴……我可以待在你身邊，對吧……？」

我差點心碎。

她問得如此惆悵，我不可能不這麼回答。

「當然啊！妳在說什麼啊！」

「……小晴，你願意看著我嗎？我希望自己還能成為讓你信賴的人。」

「妳怎麼說這種話……！不是那樣的！」

我拚命否定。

「妳沒必要這麼說啊！我會被甩，肯定是因為我又做了蠢事，妳一點錯都沒有！很抱歉，我不明白被甩的原因或理由，所以改不了，但是我完全沒有責備妳的意思啦！」

因為我不爭氣，傷到了黑羽。

我真是個又笨又遜又該下跪賠罪的大爛貨。明明我根本無意傷害一個在身邊陪伴這麼久的好人……卻又傷了她的心。

我咬緊牙關，黑羽就轉身面對我，並且露出聖母般的微笑。

「那──我們重新來過吧，小晴。」

「重新來過……？」

「我想我們大概只是扣錯了釦子的順序……只要從頭扣起就不會有任何問題，對吧……？」

「……嗯，沒錯。」

本來只要我在放暑假前趁黑羽告白時答應她，我們就可以毫無阻礙地修成正果。曾經喜歡白草是我拒絕的最大理由，但我如果能早點察覺黑羽的魅力以及她有多麼無可取代，便不會弄得這麼複雜。

而在此刻，雖然靠的是失憶這種異常事態，不過以狀況來看，我們可說已經回到黑羽最初告白的時間點了。

問題剩下我銘記在心的「失戀記憶」。只要克服這一關，我和黑羽就能修成正果。

重點在於我信得過黑羽多少。

當然我現在還是相信她，我認為自己比任何人都相信她。

單就戀愛而言——我卻有點怕。

但只要之後能重新來過，並且循序漸進地反覆說服自己：「不要緊，小黑還是可以信賴的。即使告白，她應該也會願意接納。」傷痛肯定就會好。

「小黑，反而是我要拜託妳！請留在我身邊！我絕對會克服的……！」

「……嗯，當然好啊。謝謝。」

我想要守護這張笑容。

果然，我喜歡的還是黑羽，了然於心。

「哎呀，都這麼晚了。我們走吧。」

「嗯。」

黑羽隨即幫我拿出鞋子。我道過謝，迅速穿上鞋後——

「糟糕，他們兩個要出來了……！」

隔著門板傳來這樣的說話聲。

黑羽頓時換上凶神惡煞般的臉色，而且一口氣開了門。

「……碧！」

「呃——！」

碧打算逃跑，卻跌倒了。蒼依和朱音則急忙伸出援手拉她起來。

「蒼依！連朱音也在！」

所有人都急著想溜，但是還花工夫拉碧起來就太遲了。她們全在抵達門口前就被黑羽揪住了頸子。

「……妳們三個……都給我站好……」

黑羽切換成可怕的大姊模式，讓三個妹妹乖乖聽話。她們都熟知在這種時候抵抗會有什麼後果。

不過客觀來看，有趣的是黑羽在當中個子最矮。而黑羽發脾氣讓三個妹妹垂頭縮起肩膀的畫面還滿奇妙，有種說不出的討喜感。

直到三年前可不是這樣的……自從三年前被碧輕鬆追上以後，黑羽的身高就一直沒改變，雙方差距越拉越遠。於是到去年，終於連蒼依和朱音也追過了她的個頭……蘿莉大姊就此誕生。

「妳們三個……有沒有話要告訴姊姊……？」

「呃……對不起，黑羽姊姊……」

率先道歉的是蒼依。不愧是性情最溫和乖巧的孩子。

「黑姊，對不起。但是，我們很在意情況會變成怎樣。」

朱音基本上也很直率。她說明理由，一邊仍記得先道歉，頗得我心。

「有什麼關係嘛～～！黑羽姊還不是給我們添了麻煩～～！」

然後碧就接話了。這女的實在嘴硬耶……

「碧！妳這孩子真是！臉上就不能多幾分知錯的表情嗎！」

碧別過臉，搔了搔腦袋。

「……不過，唉，是我錯啦。抱歉，黑羽姊。」

黑羽聽到這裡，忽然就像發出慈祥的光輝而滿面笑容。

「──好，既然妳們都道歉了，事情就到此結束，不可以再犯了喔。」

「「「是～～」」」

大姊威能真夠力耶，領袖風範和統率力足以澈底管好個性派的三個妹妹。這正是黑羽發揮本領，以長女身分帶領都是美少女而聞名的「Colorful Sisters」的場面吧。

「知道的話就快點去上學。尤其是碧，妳的晨練呢？是不是完全翹掉了？」

「哎，我、我有許多事情要思考嘛……」

「妳說的許多事情都是些什麼？」

「就是——」

當姊妹倆這麼對話時，有車子開到了馬路邊。黑色烤漆閃閃發亮，一眼就能看出是高檔車。

「魚沼先生，謝謝。那就請你稍等片刻。」

一邊向司機道謝一邊從後座躍然而下的人——是白草。

接著她與四姊妹對峙後……就愣住了。

「「「「啊——！」」」」

恐怖！欸，這是怎樣！明明雙方沒有對話，我卻可以感覺到一瞬間有大量的情報在相互傳遞耶！

黑羽瞪向白草，展開威嚇模式。

碧看到黑羽這樣就僵掉了。

蒼依在看時機想介入緩頰，卻無從著手而慌慌張張。

朱音依舊面無表情，讓人猜不透心思。

然後，最關鍵的白草——明顯是怕了。

這也難怪。四姊妹全到齊了，不習慣的話會覺得這一幕相當有壓力。黑羽既然已經做勢威嚇，又有幫手在後頭待命，縱使白草不是生性膽小，也會對人數所呈現出的差距感到畏縮。

「喔，小、小白～～怎麼了？」

我開口替動彈不了地陷入沉默的白草打圓場。

雙方一早就在玄關前吵起來的話，總得阻止才行吧。

我對於黑羽和白草關係不好這件事本來就覺得無能為力。儘管心裡有許多想法，然而她們倆都是跟我相當親近的女生，各有寄予信賴，更抱持著好感。正因如此，我才不希望她們起爭執。

啊，但是她們倆發火時就真的沒得救了。狼虎互鬥時有隻老鼠闖進去會怎樣？只有死路一條吧？Q．E．D——證明完畢。

「啊，小末……」

白草臉色一亮。她似乎理解我來幫忙打圓場了。

像這種時候，白草的臉實在很賞心悅目。這應該稱作落差效應吧，因為她平時是冰山美人，好臉色也就相對寶貴。我不禁心想，希望她能笑口常開。

……照這樣看來，初戀仍舊讓我依依不捨？不不不，畢竟她這麼漂亮，想看她笑自然是全世界男人的共通願望。雖說我已經被甩，黑羽依舊是我的真命天女，白草並沒有什麼特殊地位——

「唔喔！」

我的心窩一陣劇痛。這是碧用手肘頂我側腹造成的。

「喂，妳做什麼啦！碧！」

「我哪有～」

「小黑，麻煩妳用姊姊的身分說說這個粗魯的妹妹。」

「她哪有～」

咦！她們怎麼冷漠成這樣？我做錯了什麼嗎？

「小蒼，妳有看見吧……」

「呃，碧、碧姊姊哪有怎樣……」

「不然朱音呢！」

「差勁。」

「為什麼要罵我啊～～～～～～！」

說真的，好感度在不知不覺間下滑實在超恐怖！

白草朝著絕望地趴到地上的我伸出手。

「小末，我們走吧。上車。」

「咦？」

「雖然我想應該不會出狀況……但今天那些媒體記者或許也會在校門口等著吧？所以我向學校徵得了許可，讓我們可以破例搭車上學。」

「啊～～原來如此。這確實要感謝妳……」

真理愛表示她那邊已經擋下來了，我們卻不曉得效力有多廣。比方說，就算能順利擋住主流媒體，奇奇怪怪的八卦雜誌還是有可能照樣來採訪。

「那請妳載我跟小黑——」

「……志田同學就不用了吧？」

「噫……」

啊～～！為什麼妳想略過處境相同的黑羽啊！這樣實在不行啦！

悲憤交加的我不禁抓住白草的肩膀。

「小白！」

「咦！」

白草滿臉通紅地別開視線，但是腦袋充血的我停不下來。

「妳跟小黑的關係太糟糕了！呃，討厭的情緒是自然養成的，所以我並不會逼妳們好好相處喔。可是看到有人被排擠，內心也不會舒坦吧！我認為那樣是不對的！」

「嗯，好、好，既然你這麼說……」

白草滿臉通紅地點頭。

說真的，白草在坦承自己是阿白以後，脾氣就變好了耶。或許能知道彼此沒有必要針鋒相對是一大要因。

「志田同學……不嫌棄的話，副駕駛座還空著……搭個便車如何？」

「……那麼，就麻煩妳載我們一程嘍。」

黑羽淡然說道。

「妳們也快點去上學，會遲到喔。」

「「「好、好的……」」」

妹妹們一陣倉皇。

也對啦，我能理解。畢竟黑羽現在超恐怖的！

……奇怪，我覺得排擠是不好的行為才會邀她上車，難道說，我做錯選擇了嗎……

（——慢著，這樣根本就錯了啦！）

黑羽坐上副駕駛座，我則跟白草坐在後座，當車子發動之後，我才發現了這一點。

車裡瀰漫著瘴氣，令人窒息。這裡該不會是魔王城或什麼地方來著吧？我有種自己完全搞砸了的感覺。

車內被寂靜籠罩……氣氛尷尬。司機體貼地用低音量播收音機給我們聽，效力卻不足以將沉重的氛圍一掃而空。

於是白草悄悄地把身體靠過來，把嘴巴湊到我耳邊。

「呃，小末……昨天的場面變成那樣，我沒辦法跟志田同學講到話……不過她沒事吧？」

這是不希望被黑羽聽見的話題，所以我也壓低聲音，在白草的耳邊細語。

「其實，小黑現在有點失憶的症狀……」

「咦！」

白草不禁提高音量。

黑羽的目光惡狠狠地從副駕駛座轉了過來，不過她什麼也沒說。

白草則縮著身子問我：

「你說的是怎麼一回事……？」

糟糕，我從剛才就抖個不停。

每次白草的氣息吹到耳邊，酥麻般的快感便貫穿全身。

這種若即若離的極限感。明明沒有接觸，熱度卻能傳至皮膚，讓我強烈感受到對方存在。

或許是因為我們還在車上，白草的氣味香得撲鼻。黑羽有花草類的香味，而白草屬於柑橘類，舒爽清涼感在當下的環境醞釀出不可思議的悖德感。

我甩了甩頭讓心智恢復正常，然後把嘴巴湊到白草耳邊。

「我不是很確定，但她失去了甩人與被甩的記憶……所以我打算觀察一下情況。既然是類似生病的症狀，麻煩小白妳也對她好一點……」

「小末這麼說的話，那就沒辦法嘍……」

「咳。」

從副駕駛座傳來咳嗽聲。黑羽透過後照鏡看了我們倆。

「……小晴，你跟可知同學看起來變得滿要好的嘛……這是怎麼回事？」

她在生氣……不只如此，還能感覺到困惑。

……對了。

在家的話就跟以前沒兩樣，喪失的記憶又約為一個半月。家居生活應該不會有太多異樣感，可是出門的話感覺肯定大為不同。

我跟白草拉近關係是在這十天左右發生的事。碧她們跟白草沒有交集，所以這段期間的情報就沒有傳達過去吧。

對黑羽而言，應該會認為我和白草的關係是「幾乎不交談的普通同班同學」。而我卻跟她如此親密地講話，黑羽當然會覺得不可思議。

（我這個人真是……）

就算白草是初戀對象，又依舊吸引著我，但明明有黑羽在旁邊，我卻被撥亂了心弦。

明明黑羽都失憶了……我還不懂得為她著想，做人太失敗了……

簡直令人自我厭惡。丟臉。

「啊，小黑，這是因為——」

「志田同學，妳好奇……我們的關係？」

寒風吹來，冷得讓在旁聽著的我打起哆嗦。

唉～～～為什麼白草在黑羽面前動不動就喜歡像這樣給她下馬威呢！

「是啊……有一點。」

「真的是一點嗎？其實妳是不是非常介意呢？」

「可知同學，原來妳是這樣的人啊。我現在知道為什麼妳朋友很少了。」

「妳、妳們等一下！」

連我用聽的都覺得像是在槍戰中橫越地雷區了。到處有槍彈來回駁火，彷彿腳步一踏出去就會觸發地雷而動彈不得。

但我實在沒辦法默默聽下去。

「妳們未免每句話都肅殺過頭了吧！或許一下子要好好相處很難，但先聊別的話題好嗎？」

「……比方說？」

好，黑羽附和了。

「對了，我們聊社團活動吧。小黑，羽球練得怎麼樣？」

「因為我不記得最近的事，很難說耶。感覺上沒有多大變化，我想都跟以往一樣。」

「也對喔！畢竟妳失憶了嘛！」

搞什麼，我老是在自掘墳墓。

沒有能讓三個人都聊得開心的話題嗎？

當我這麼思考時，白草拉了我的袖子，並且對我耳語。

「小末，事情果然有點奇怪吧……？」

「哪裡奇怪？」

起初我覺得刺激到黑羽不好，但白草的語氣很認真，所以我壓低聲音回話了。

「我覺得志田同學並沒有失憶。」

……嗯～～對喔，昨天碧也提過這樣的意見。

「妳有什麼根據嗎？」

「……憑少女的直覺。」

某方面來講比什麼都可靠，某方面也可以說毫無根據。

我相信黑羽失憶了。不過有絕大部分的要素是因為黑羽這麼說，我才相信。比較不相信黑羽的碧和白草都表示否定，可見「對黑羽的信賴＝是否相信失憶一事」如實地呈現了雙方心態。另外，我詢問蒼依的想法以後，也得到「感覺黑羽姊姊是失憶了」的答覆。

啊……對了，有個方法保證可以確認黑羽目前正不正常嘛。

「小白……交給我吧，我想到好方法了。只要確認這一點就能明白小黑的狀況是否有異。」

「咦，有這種方法嗎……？」

「有啊，午休時間我就會採取行動。妳能不能幫忙準備可以跟小黑單獨吃飯的地方？」

「嗯……我明白了。」

我透過鏡子確認黑羽的狀況，黑羽就立刻轉開目光。

她是覺得害羞？還是為了不讓謊言穿幫？

我希望相信黑羽。

當然在我做出這種類似測試的舉動時，或許就會被說不相信她。

可是人無法窺見他人的心，所以我不會恥於自己的行為。因為我覺得所謂的信賴，是透過細微反應或測試逐漸累積起來的。

＊

午休時間到了。白草幫忙準備的地點，是之前預定用來討論文化祭的圖書準備室。那時候由於我昏倒了，結果就沒有用到，這次是頭一回利用。

「哦～原來有這麼好的地方啊，我都不曉得。真虧小晴知道耶。」

「沒什麼啦。」

圖書室裡面有圖書準備室，排著滿滿的書架。陳年舊書似乎比較多，充斥了獨特的霉味。不過灰塵比想像中少。疑似用於整理書籍的六人座桌子保有清潔，選在這裡用餐沒有任何缺點。

我們姑且拍了拍椅面的灰塵，然後緊挨著坐下來。

「小晴居然會邀我一起吃午餐，上次都不知道是什麼時候了……」

「除了有活動的時候，算第一次嗎……？」

在週末的中午被邀到志田家吃飯並不算稀奇，不過要提到在學校吃午餐，而且是兩個人獨處的話就沒有印象。

因為黑羽具社交性，她有跟自己要好的朋友圈，就會跟那些人吃飯。我大多是跟哲彥一起吃，所以若是不鼓起勇氣邀她，彼此絕對不會有交集。

「你是吃錯什麼藥？」

「呃，沒有啦……班上同學又不曉得妳失憶的事，我就在想妳跟朋友會不會發生雞同鴨講而造成困擾的狀況。」

其實，這是我在課堂上拚命想出來的藉口。

測試被發現的話就沒有意義，而且我也不想讓黑羽覺得自己不受信任，所以費了心思留意。為此我也沒有讓協助的白草和我們同桌。我不希望胡亂引起戒心。

「就算這樣——」

黑羽視線朝著地板，害羞似的嘀咕：

「被小晴邀來兩人單獨吃午餐……我好高興。」

糟了～～！罪惡感不是普通地深！

明明是為了確認是否失憶才安排吃飯的，她卻高興成這樣！我這個人爛透了啊！

算了，趕快釐清黑羽是沒有嫌疑的吧！然後，我就會放膽相信她！而且要盡可能讓她開開心心地吃午餐！就這麼辦！

「其實呢，小黑，我今天……自己做了午餐過來！」

我會做便當是因為早上要迎接黑羽，緊張過頭就太早起床了。手邊閒著實在是鎮定不了，我才把平時儲備用來當晚餐的冷凍食品加熱，再用一直沉睡在櫥櫃深處的便當盒裝好。

順帶一提，平時黑羽的午餐都是用補給營養的果凍或代餐棒解決。雖然她對周圍的說詞是「為了節食」或「注重營養均衡」，最主要的理由卻是味覺太獨特而無法得到旁人理解。由於吃飯淋一些古怪的調味料會讓人不舒服，黑羽固定都是吃這兩種自己能夠下嚥，在旁人眼中也還算妥當的食品。

「平時妳都是吃能量果凍之類，很沒滋味吧。聽碧說妳的味覺改變了耶，要不要來一口？」

話說完，我夾起了章魚熱狗。

——沒錯，這就是最關鍵的一點！

說起來，我在聽碧提到這件事時，一開始也曾認為……失憶根本不合常理吧。但是我立刻就信了，這是因為我聽說黑羽味覺變正常了。

身為青梅竹馬就曉得，黑羽的舌頭是另一片宇宙。

黑羽的缺點實在是不多，視觀點而定，即使說她這個人無可挑剔也不為過。

而黑羽有個堪稱唯一的缺陷，要獲得改善「根本是不可能的事，相較之下就連失憶症都可信多了」。換言之，我敢表示：「除非發生失憶等級的異常狀況，否則黑羽的味覺不可能改變。」

正因如此，檢驗就必須慎重。

即使拿尋常的現成熟食讓黑羽吃也不行。萬一東西快壞了，變成不合常人舌頭的滋味，到最後黑羽吃起來可能會覺得「恰到好處！」。

由我烹調，由我試味道，由我裝盒的章魚熱狗……用這個來測試，我就能相信天地間確實有異象出現。因為黑羽的心裡對章魚熱狗有陰影。以前我們一起在運動會吃便當的時候，黑羽看我母親做的章魚熱狗可愛就吃了下去，結果昏倒了。自此黑羽就絕不吃章魚熱狗。

「小晴，我總覺得你在想著很沒禮貌的念頭耶……」

「不不不，沒有那種事喔。」

她在抗拒？果真吃不下去？失憶是騙人的？

當我觀察黑羽的動靜時，她就若無其事地說了：

「那我就吃嘍。以往我絕不會吃章魚熱狗……不知道怎麼回事，今天看起來很美味。」

呼～～突破第一道關卡。

可是，失憶實在有夠猛耶。原來影響力足以讓討厭的食物看起來變好吃嗎？

不，我還不能鬆懈。口頭上怎麼說都行。

吃到嘴裡是第二關，觀察吃完的反應是第三關。克服這一切關卡以後，黑羽是否確定失憶才會有結論。

當我細心觀察時，坐在旁邊的黑羽稍微拉近距離——然後閉起眼睛。

「那麼……『啊～』」

「！」

她、她居然……對我「啊～」……？

我沒料到這一招……黑羽作弄我的創意實在深不見底……

而且——

「為什麼妳要我餵，嘴巴卻沒有張開……？」

這樣看起來，根、「根本就是準備接吻的前一刻」啊……！

多虧黑羽閉著眼睛，我才敢凝視她的臉。

唔哇！原來她的睫毛這麼長啊。嘴唇是漂亮的粉紅色，看起來好柔軟。

……慢著，現在不是抱持這些感想的時候吧，我得回神！

「——你對姊姊做的事情有意見？」

唔！竟然在這時候用姊姊模式堵我的嘴！

（……該怎麼解讀才好？小黑在向我索吻？不不不，萬一這時候硬衝——）

不要——又被她如此拒絕的話，我就無法振作了。

大概是我始終沒動作惹惱了黑羽，她解除等待親吻的態勢。

「小晴，只要我靠近，現在的你就會逃走吧。」

「呃，不會，那個……是的，沒有錯。」

「那是因為失憶前的我狠狠甩了你，你才無法相信我對吧？」

「……總、總結來說，大概就是這樣。」

「不然由你主動接近我會怎麼樣呢？當然，前提是我都不動。」

「……原來如此，反過來思考嗎？」

暑假後的黑羽接納了一切，已經卸下用於後退的螺絲，具有逼人就範的積極性，可稱作「終極版黑羽」。

目前黑羽處於被我甩掉前的狀態。明明沒有被甩掉以後重新振作的經驗，卻在失去記憶的那段期間有過甩人與被甩的經歷，處境複雜。大概是因為如此，整體來看羞澀感較強，可稱作「純情版黑羽」。

這位「純情版黑羽」態度消極，因此我就可以主動出擊。這樣的話，既能判別我心裡有多深的陰影，還可釐清跟黑羽相處的適宜界線。

「那麼，既然你信服了……『啊～～』」

「就說了，為什麼妳要我餵，嘴巴卻沒有張開啦～～～～～！」

這是我要先吐槽的！問題就在這裡！

「……我呢，會閉著眼睛，所以隨你高興要怎麼做喔。」

「糟糕，妳完全沒有回答問題。」

毫無邏輯。多說無益。

但是……可愛到不行啦，像她這樣！

整張臉都紅了！還頻頻發抖！

現在的黑羽確實不會主動，她在等待我。

因此她全然沒有防備的模樣都暴露出來了啦！

「小黑，妳心裡超害羞的吧？」

「……沒那回事喔。」

這算什麼三腳貓演技？雖然我覺得超親切的就是了。

「老實說，妳整張臉已經紅得連看的人都會覺得害羞了耶。」

「小晴，是你在掩飾自己難為情吧～～」

啊，在黑羽眼睛微睜的那一瞬間，我們目光相接了。

只見她的眼珠子直打轉。

啊～～表示她在不知不覺間已經變身為將所有防禦力轉換成攻擊力的「終極版黑羽」了嗎？

難怪魄力這麼驚人。

為了不輸給壓力，我開始逞強。

「小黑，在掩飾難為情的是妳吧。坦白講，看妳這樣都讓我覺得不好意思了。」

「唔唔唔唔唔唔！」

我的冷靜吐槽似乎不合黑羽的意，她發火拿能量果凍的包裝袋朝著我猛甩。

「哎喲！哎喲！哎喲！哎喲！」

「痛痛痛！果凍打到會痛！真的會痛！請原諒我，黑羽姊姊！」

黑羽平時都把「哎喲！」當成「真拿你沒辦法」的語感來用，然而她卻連聲說「哎喲！」

——從中可以知道有多生氣。

「哼～～！哼～～！」

唔～～哇～～黑羽有冷靜一些了，可是心情完全處於低氣壓。她交抱雙臂別過臉，還不時看過來，彷彿在威嚇：「你有意見嗎？」

嗯～～怎麼辦好呢……總不能就這樣繼續測試……只能強行闖關了吧。

「小黑……」

「……怎樣啦。」

「……『啊～～』」

幸好我主動把話說出來了。我原本以為說這句話的瞬間，恐怖的記憶就會閃現。

「啊……」

黑羽頓時臉頰泛紅，然後細聲嘀咕：

「從一開始就該這樣嘛……」

「咦，小黑，妳剛才說什——」

「囉嗦。我沒有要講給你聽，這樣就好。」

唔嗯，字面上不容我多問，口氣本身卻柔和多了，感覺害羞的比例較高。

看來我有選到正確解答，離黑羽心情恢復只差一步吧。

「……那、那麼，哎喲……拿你沒辦法……啊、啊～」

唔哇，連耳朵都紅通通的耶。依舊是落於被動就無力招架。

話雖如此，緊張感甚至也傳染給我了。我的心跳好快，這下糟了。雖然不知道糟在哪裡，唯一可以確定的就是糟了。

「……要餵嘍。」

我用筷子夾起一口大小的章魚熱狗，然後緩緩湊向黑羽的嘴邊。

「……嗯。」

當章魚熱狗接觸到嘴脣，黑羽便微調位置，張嘴吃了下去。

鮮豔的紅與潤澤雙脣的粉紅色，映襯起來顯得有些嬌媚迷人。

（小黑果真好可愛喔……）

可是，我被她轟轟烈烈地甩了，而且那還是四天前的事。

想要更進一步的情緒正在跟想要逃避的情緒拉鋸。

正因為可愛，正因為有魅力，假如沒辦法親近納入手裡，在我內心便會有股覺得乾脆別看見的念頭。像傻瓜一樣追逐著吊在眼前卻吃不到的紅蘿蔔，未免太過可悲。

「嗯，好好吃♪」

黑羽一口氣把熱狗吃掉。

換成以往，光是要她吃就會百般抵抗，放進嘴裡以後更會讓臉皺到連眉毛都歪斜。然而她現在卻能這麼輕易吃下去，根本違反常理……

這個時間點已經可以相信她失憶了，然而懷疑的種子或許萌芽成長得超乎想像。

萬一……不，或許這有萬萬分之一是演出來的——如此心想的我又用筷子夾起章魚熱狗。

「……妳要再吃一個嗎？」

「那麼，『啊～～』」

夾東西給黑羽吃就像在餵食動物一樣，很有樂趣。我覺得自己稍微能明白黑羽常常照顧人的心理了。

「……怎麼樣？」

「好吃耶♪」

滿面笑容。

——啊，她這是真的失憶啦。

我終於釋懷了。

原本聽碧說完也還是有些難以置信，但我現在已經篤定了，不會錯。

看在不認識黑羽的人眼裡，應該會覺得：用這種事情來判斷是傻了嗎？

然而不是的。因為這真的違背常理。

黑羽靈巧得大多數事情都能夠得心應手，而且天生就有指揮者風範，擅長主動多於被動。這使得她在小學低年級曾經擁有號稱「老大」的影響力，心臟不夠強又膽小的我只是跟在黑羽身旁的手下A。

但黑羽唯一的弱點就是味覺。

營養午餐對黑羽來說應該跟地獄一樣。她總是吃了不合胃口就剩下來，小學一年級時的老師卻是不容許這種事的人。

多虧如此，午休都只有黑羽被留在教室。她看見別人在玩會哭鬧，但老師仍然不肯放她走。

這時便輪到我出場了。我會趁老師離開座位時，兩三下就把東西吃掉收工。

拜此活躍所賜，我替自己樹立了「老大的傻瓜護法」地位，撐過動盪不安的低年級時期。

唉，老實說，正在發育的我單純只是想要多吃點，並非為了幫助黑羽。我跟她是鄰居，比誰都了解她那偏食的毛病，從旁搶東西吃何止不會被討厭，還可以逗她開心，我會這麼做都是明知故犯。

我跟黑羽累積了好幾年這樣的回憶。

所以我敢斷言黑羽能正常吃下章魚熱狗是違反常理，也有把握她確實就是失憶。

「對了，小晴，聽說你週末要去以前隸屬的經紀公司？」

黑羽拿起自己當午餐的果凍營養食品就口，一邊問道。

「對啊，妳聽那兩個妹妹提過啦？」

「你打算復出？」

「……我不確定。但是沒有跟老闆談過就做不了決定，所以先聽看看經紀公司的說法。」

「哦～～」

嗯～～從語氣判斷，黑羽不太認為這是好事？

「小黑，妳反對我復出嗎？」

「……要說的話，我算反對那一邊。畢竟我看著你以往掙扎了多久。」

這樣啊，想想也對。

失憶前的黑羽也反對過我要在文化祭上台表演的想法。既然她並沒有目睹我表演成功的那段記憶，意見就不可能改變。

「但是你在那段影片裡舞跳得很好吧？你做了什麼樣的努力？」

「那是託妳的福啊，小黑。」

「我的福？」

啊——

剛才有股情緒沉沉地落在我心裡。

那是我在腦海中早就明白的一點。

——失憶，令人哀傷。

現在才領悟實在太晚，但是我終於體會到了。

我能重新振作是因為有黑羽的建議，否則我絕對辦不到，下場就是在表演途中昏倒。

所以我十分感謝黑羽。長達六年累積再累積的後悔，我在那次的舞台表演成功抹拭了。

多虧如此，未來有了莫大希望。這事關重大。

可是，堪稱最高殊榮選手的黑羽竟然不記得發生的事——太令人哀傷了吧。

「小晴……？」

「啊，沒事，沒什麼……」

我連忙背向黑羽。

不行，我的眼眶濕了，感覺眼淚止不住。

當我拚命忍住不掉淚時，背後傳來一陣柔軟的暖意。黑羽從背後摟住了我。

「謝謝你，小晴。你那些眼淚，是為我流的吧……？」

「小黑……」

「姊姊呢，覺得好欣慰。」

「小晴，我可以跟你一起去經紀公司嗎？」

不知怎地，現在的黑羽絲毫不會讓我感到恐懼。從背後傳過來的暖意反而能療癒我的心。

「……為什麼這麼問？」

「雖然我反對你復出演藝界，不過你的未來是由你決定，我希望能做見證。我姑且也有受邀，或許可以順便過去拒絕吧。」

這樣啊，結果從真理愛那裡拿到的名片，碧和朱音有轉交出去。

「小黑，妳沒有意願從事演藝活動嗎？」

我覺得以外貌而言完全行得通。雖然沒看過黑羽表演，但畢竟她那麼靈巧，要演戲感覺會滿有兩下子。

然而，黑羽的才能恐怕並不在這方面。她有一項才能是我覺得大概可以展開演藝活動的。

「我啊，喜歡小黑的歌聲。我認為假如妳以歌手為目標，應該行得通耶。」

雖然黑羽不常唱歌，卻有副十分清亮的嗓子，更重要的是歌聲裡有種想讓人多聽的吸引力。唱KTV都有這種水準，我覺得經過訓練的話就能企及職業領域。

「不行不行，我跟小晴不一樣，我才沒有那種特殊的才能。」

「是嗎？我覺得有耶。」

「就算你這麼抬舉我，我也真的辦不到啦。」

以歌手為目標的風險相當高。有才能又肯努力的人跟山一樣多，能成為職業歌手的仍然只有一丁點。而且就算成為職業歌手，能紅到足以餬口的人更少，路途儼然是條荊棘之道。

有拚勁的話就可以聲援，沒有的話便勉強不來。

感覺有點可惜，但也無可奈何。

「好吧，總之就一起去經紀公司吧。」

「嗯。即使一樣要拒絕，有你陪著也比較安心。」

「我知道了。」

那就協調一下日期行程，要找出我、黑羽還有真理愛三個人都方便的時間。

「欸，妳等等啦！」

「放手！」

外頭好像鬧哄哄的。即使稱作外頭，這裡是圖書室裡面的圖書準備室，代表鬧哄哄的是圖書室。

準備室的門突然被打開了。

「小末！聽說你在猶豫要不要復出，是真的嗎！」

出現的人是白草，她毫不客氣地朝我們走近，然後拉開黑羽。

「總之妳先離遠一點就對了，狐狸精！」

「……可知同學，為什麼我非得被妳這麼說呢？」

受不了，她們還立刻迸出火花！雙方關係到底有多惡劣啊！

「話說，小白，妳怎麼會曉得我們剛才談的事情！」

「我可沒有不知道的事。」

「不不不，妳是神明嗎！」

當我像這樣吐槽時——

「噴，好痛～～……」

緊接著哲彥就出現了。

看來他直到剛才都有攔住白草，證據就是臉上多了道抓傷。

「哲彥……這次我好像給你添了麻煩……」

「我絕對不會再扮這種角色。」

「小白知道我們在這裡談話的內容，你明白當中原因嗎？」

哲彥會攔住白草，表示他們倆大有可能從剛才就在一起。

哲彥迅速指了準備室的天花板。

「那個。」

在哲彥的手指前方設有全新的監視器與可疑的麥克風。

「怎麼看都是監視攝影機和竊聽器嘛！為什麼會有這種東西裝在這個房間！」

「可知委託玲菜裝上去的。」

「這是怎樣，千金小姐好可怕。」

身為庶民可是會對毫不吝惜地動用金錢之力感到恐懼。

換句話說，白草在我拜託她準備能用來確認黑羽失憶症狀的地方以後，就占了圖書準備室，隨即讓玲菜裝設了監視攝影機和竊聽器。然後，情報從玲菜那邊洩漏到哲彥耳裡，哲彥就跟著一起從螢幕監視我們的動靜。而且白草為了干擾我跟黑羽的互動就打算闖進來，卻被想多觀望一下狀況的哲彥攔著。然而那已經撐到極限，白草強行叩關，哲彥則帶著無奈的調調登場——流程大致是這樣吧。

嗯～～明明流程還滿複雜，情境卻能輕易浮現在眼前，這點很不可思議。

「甲斐同學……你洩漏出去了吧……！」

白草釋出與冰山美人封號相符的寒氣。

然而——

「是又怎樣？啊～～？」

「唔——！」

果然對哲彥無效！

白草瞪向哲彥，並且躲到我背後。

「我討厭你……」

對喔，白草懂得威嚇，可是因為本性怯懦，就沒有膽量用物理性質的攻擊。既然如此，表示她毫無手段對抗已經看穿這一點的哲彥，頂多只能像這樣躲躲藏藏地斥責他。

「你完全不怕被女生討厭耶。」

「誰教我除了喜歡我的女生以外都不在乎啊。」

「女性公敵！吼嚕嚕嚕……」

像這樣廢廢的白草倒也滿可愛的，我喜歡，雖然實在無法置之不理。

我出掌打了哲彥的後腦杓。

「好啦，小白，我幫妳打過哲彥了，妳就放寬心吧。」

「小末……」

白草用超燦爛的目光望著我。這個女生有時候太聽話，讓我感到擔憂耶。

「……你打人挺痛的嘛，末晴。」

白草的心情變好了，卻換成哲彥發飆了。

「怎樣啦？我用這招讓事情告一段落，你應該要感謝啊，哲彥。」

「啥～～～？感謝個屁啦！白白挨打，痛的不就只有我嗎～～～～～！」

「錯在你無論是誰都要嗆吧～～～！」

「你這軟腳蝦！」「你才花心男！」「又笨又沒種的臭蛞蝓！」「離經叛道的人渣！」

當我們展開醜陋的爭執時，一旁的黑羽把營養食品塞到嘴裡。

「可知同學，妳要不要也拿午餐過來？他們吵成這樣，久的時候就會拖很久喔。」

「咦，看男生像這樣吵架，妳不覺得挺恐怖嗎？」

「……會習慣啦。」

「妳這是在炫耀跟小末的交情比我久？」

「沒啊，只是直話直說的感想。」

「……那我去拿午餐過來好了。」

後來過了五分鐘——

我和哲彥終於吵完架，黑羽和白草在旁邊已經吃完午餐。

「妳們吃好快！」

我表示訝異。

「對啊～～吃很快對不對～～」

黑羽就笑咪咪地回話。啊，她這是完全瞧不起人的態度。

我感到不滿卻沒辦法反駁，只好大口吃起剩下的便當。

「對了，可知有加入經紀公司嗎？」

哲彥丟出話題，然而白草似乎對哲彥相當有戒心。

她繞到我背後，藏起半邊身影開口：

「我沒有加入經紀公司。爹地會幫我把所有事情張羅好。」

「啊～～對喔。小白的爸爸跟演藝界相關人士關係也很深嘛。」

要說的話，既然他會成為連續劇的贊助商，感覺人脈就很廣。白草本身又不打算積極靠演藝活動出名，所以也不用行銷吧。這樣一想，由父親來管理，每當接到委託就跟白草討論以後再決定要不要接受，好像是正確的做法。

「哲彥，你怎麼會好奇這個？」

「可知的目標是要自己寫腳本讓你演主角吧？我在想那會不會跟經紀公司的影響力有關。」

「說起來倒不是全然無關啦，不過一般是先有腳本，之後才舉辦甄選吧？然後呢，在甄選會上有決定權的是導演和其他劇組成員，還有贊助商吧。假如經紀公司有出資加入贊助方，或許就另當別論。」

「哦～」

我解說完，哲彥卻答得意興闌珊。

白草似乎從這樣的反應察覺到哲彥另有意圖。

「甲斐同學，你是不是有話想說？」

她一追問，哲彥就淡然而又尖銳得像是用刀抵著人一樣嘀咕：

「可知大概是在期待末晴復出演藝界……不過那有沒有搞錯啊？」

「！——」

白草用力咬緊牙關，情緒就爆發出來了。

「為什麼我非得被你這麼說呢！是啊！我希望小末復出演藝界！因為我還想要看他活躍！你有看見他那天在台上的表演吧？小末有當明星的素質！小末還能更加活躍！所以他應該回到自己

該在的地方！」

唔哇！白草的期待好沉重。考慮到至今的內情，我有想過她大概會這樣說，她願意滿懷期待地說這些也實在令人感激……不過要談到是否有自信……因為有空窗期，老實說我對自己只能相信五成。

「所以嘍……妳搞錯了吧？」

哲彥面對白草怒濤般的連珠炮也不為所動。

「哪裡錯！」

「末晴若是成為明星，演出妳筆下劇本的可能性就越低耶。」

「…………」

啊～～原來如此。

「可知，妳那部拿下芥見獎的小說……是叫《有你的季節》吧？有人來找妳談改編連續劇或電影嗎？」

「我聽說有提出過改編電影的企劃……但是沒聽過具體的方案。」

「這樣啊。末晴目前並沒有規劃，『趁現在』說不定就能靠原作者的發言權推舉他演主角。但是『往後』就難說了，畢竟妳的小說或腳本是否會改編成影像作品本來就不好說。」

白草恐怕比任何人都期待我在演藝界成功，也篤定我會成功。而我要是能照著她的期待活躍，就會成為水準超越她筆下劇本的演員——哲彥的意思是這樣吧。

我是聽說白草的芥見獎獲獎作品賣得不錯，卻沒有變成社會現象，更沒有就此成為當年的頭號暢銷書。

世上有許多拿過芥見獎及其他大獎，之後仍在第一線活躍的暢銷作家的著作，也有很多漫畫原作的銷量是小說無法比擬的。若要談到影像化作品，白草仍是一名還無法確定能否站在入口的新人而已。

老實說，我也覺得自己配不上白草那樣的作品。「哎呀～～假如小白的腳本要影像化，就算跑龍套也可以，要是她能靠原作者的發言權推舉我參演就太感謝了（鞠躬哈腰）。」我差不多是這樣的心態。

但我在白草心裡似乎是頗有成就的演員，使她對哲彥擺到面前的現實吭不出聲。

「哲彥，扯太遠了啦。照我看來，你不是有話想說嗎？大概是跟我和小白都有關的事吧。」

「哦～～以你的反應來說，挺靈光的嘛。」

哲彥把幾張紙遞給我、白草、黑羽三個人。

這東西——是企劃書，封面上寫著「群青頻道」。

「我一直在思考，往後要怎麼將演藝同好會經營下去。靠著末晴振作與『告白祭』提升的知名度，能力所及的範圍廣了許多。然後，這就是我具體追求的一項方針。」

我試著瀏覽內容。

主題是……嗯，「要嘗試任何開心的事情」嗎？演藝同好會本身就是從哲彥說出「來搞點開心的事吧？」這句話才發起的，以概念而言應該沒有多大區別。

「……換句話說，你要讓演藝同好會We Tuber化嗎？」

企劃書有寫到演藝同好會要在We Tube開設「群青頻道」，並藉此逐步公開影片。

「那是其中一個層面，但不等於全部。」

「表示這個頻道『也會包辦製作廣告等項目』嘍？」

黑羽發問了。

「那屬於上軌道以後的階段就是了……不過正如志田所說。末晴，往後會有工作的委託來找你吧，所以，你有打算去哪間經紀公司嗎？」

「要復出的話應該就會那樣。」

「那你高中會休學嗎？」

「！」

我根本還沒有想到那麼遠，但是小學的時候，在我當童星的全盛期就不太能上學。儘管當時我是小學生，母親都會替我節制工作分量，依舊如此。萬一往後忙起來，那種限制應該沒多久就會蕩然無存，或許還會陷入高中非得休學的事態。

「我是覺得啦，讀高中期間就要趁機搞點高中生風格的活動比較好吧？所以就想出這個企劃啦。演藝界成年以後還是可以去，高中生卻只有現在能當喔。」

哲彥指出的重點一針見血。

能不能復出，有沒有自信當藝人，一直都讓我感到猶豫。但決定要復出的話便無關自信，只能全力一拚。所以要猶豫的話——

——演藝界和日常生活，該怎麼取捨？

關鍵就在這裡。

我離開演藝界六年，得知了日常生活的寶貴。我認為就這麼用功考上大學，然後找公司就職也是不錯的人生。然而現在立刻復出演藝界的話，這條路就會完全斷絕吧。

這是個非常重要的分歧點，可說是左右人生的歧路。

「末晴，我問你，接到討厭的工作要怎麼辦？你敢說自己不幹嗎？」

「那也沒辦法吧。我在童星時期多少也有接到那種工作，既然要復出就得有那樣的覺悟。」

「真的嗎？童星時期的你是小孩吧？演藝界對高中生可不會寬待耶。」

「唔——」

的確，我也會有這樣的不安。

「不然，難道你想說換成『群青頻道』就能解決所有問題？」

白草潑了冷水。

「——不。」

哲彥沒有反駁白草，可是他談起了夢想。

「可是，搞這個絕對有意思啦。末晴，有你在就可以衝到一定程度的播放數吧？然後，影片會拍我們在從事大家一起想出來的有趣點子。這樣的話，或許就會有人來委託我們做些什麼。」

「比如你剛才提到的廣告？」

「沒有錯。藉此賺取資金，之後就可以製播戲劇，或者說搞一些比較花錢的噱頭，再當成我們頻道的活動發布也很有意思。」

「——原來如此，你是期待我成為開創頻道的班底。」

哲彥對著白草笑了。

「沒錯。可知，就算妳等著作品影像化，也不曉得有沒有指望吧？既然如此，讓自己不用等也有能力製片就好啦。妳跟末晴讀同一所高中，只要你們隸屬相同社團，就有可能辦到。」

「你求的是我的知名度？」

「當然這也包含在內，不過我更想要的是企劃力和故事創作力。照我的直覺，妳是最有能力讓末晴發揮才華的人……我有講錯嗎？」

妙啊。像這樣挑釁的話，白草自然就——

「……那還用問。你以為我是誰啊？要讓小末發揮才華，不可能有其他人比我更適合這項工作。」

她一定會這麼說。

「我覺得哲彥同學都只有提到美好過頭的部分耶。」

這次換黑羽吐槽了。

「奇怪，志田妳不是反對讓末晴復出演藝界嗎？」

「那跟這是兩回事。」

「哲彥講的有什麼不對勁嗎？」

「坦白說，這不合哲彥同學的形象。說要弄有趣到極點的活動，小晴應該就會樂意奉陪，可是哲彥同學的心思沒那麼單純吧？」

黑羽真了解我們。雖然我還沒有對哲彥的企劃做任何回應，但其實光是聽完這些就感到雀躍了。

「——『你是不是還有更深的理由』？」

哲彥一瞬間喉嚨哽住，然後就自信地笑了。

「不愧是志田。要說的話……我不會辯稱沒有。可是剛才我講的都沒有騙人，這點我可以保證。」

居然又搬出微妙的說詞。不過對我來說，有這句保證就夠了。

「那麼，我就不多問你什麼了。」

「小末！」

白草為之驚訝，然而我明白把時間花在這一環並沒有意義。

「反正再怎麼問，哲彥不想講的事情就是不會講。哎，如果將來你覺得可以說了，再告訴我背後有什麼理由吧。」

「我想大概不會有那一天，不過就姑且答應你嘍。」

「然後以我個人來說，雖然要承認覺得不甘心，不過坦白說哲彥的主意感覺有意思……由大家一起企劃想做的活動然後向全世界發布，該怎麼說呢，有種『日夜都在祕密基地以征服世界為目標而努力的感覺』，非常合我喜好。」

何況我好歹也在演藝界待過一陣子，多少有經驗，白草又具備職業水準。哲彥同樣眼光夠利，感覺這幾個人就像被選中的菁英，更加挑動我的心。靠這群班底開設頻道，好像可以做出了不起的有趣玩意兒。

是的。我在告白祭的舞台表演成功時，就想過希望再跟這群班底一起合作了。

有白草企劃和哲彥支援才成功的舞台表演。有他們兩個出力，我就可以再次高飛。我有這種感覺。

「你設想的開台班底，是我跟你還有小白三個人？」

「不，我想的是連志田也算進去的四個人。」

不錯耶，這樣更好。有小黑在的話，似乎可以安排出更有趣的活動。

但是——

「以專業人士從事的活動而言，這會跟扮家家酒類似吧？」

彷彿在代我陳述想法的白草開口了。

哲彥大概早料到會有這套反駁，就沒有受到動搖。

「這我也不否認。不過靠這群班底，『我認為從趣味的觀點來講是可以發達的』。」

哲彥這傢伙真愛用這種話中有話的口氣耶～

「哲彥，麻煩你講得好懂一點。」

「職業人士是因為能賺錢才叫職業人士，所以我會設法讓企劃獲取的利益最大化，並且付諸製作。不過『群青頻道』是要企劃讓人覺得有趣的活動，把有趣當目標來進行製作。所以即使影像粗糙且音樂笨拙，或許還是可以靠趣味來求勝。」

「你那是理想論，缺乏技術就會讓趣味打折扣。」

白草始終保持冷靜。

「有贊助商以後，需要技術的部分也可以外包給職業人士，往後要找有那種能力的人加入也是可以。我們只要追求身為高中生才辦得到的事情不就好了嗎？」

身為高中生才辦得到，是嗎？哲彥這傢伙講的話實在很能撥動心弦。

我在不知不覺間也已經讀高中二年級了。雖然心態依舊像國中生，實際上我就是讀高中二年級，因此這也沒辦法。

而來到這個階段，難免會想到學生身分的告終。

如果不上大學，漫長的學生時期再過一年半就要結束。從小學生來想，等於十二年的學生生活即將完結。屆時應該是十八歲，長達至今的人生三分之二的學生生活到此為止。

接下來是未知的領域。為了賺錢必須工作。就算我有當童星的經驗，當時仍是在父母的保護下，要自己賺錢到底不得不稱作未知數。

老實說很恐怖。將來會變成怎麼樣？令人擔心要不要緊。

同時——不，正因如此——我也覺得要趁現在……沒錯，要趁當學生還能撒野時有一番作為。感覺要做就只能趁現在吧。

群青頻道非常適合撒野，何況這是讓要好的一群人全力撒野的企劃。

因此「只有當學生的現在才辦得到」。至少我不確定這群班底成為大學生以後是否還能聚在一起，唯獨此刻才能湊齊這群班底，要說是人生中僅限一次的機會也無妨。

如此一想，感覺這項企劃就綻放了驚人光彩。

或許哲彥已經看透了我的這種心思。

哲彥說出的企劃和言語確實傳達到我的雀躍接收器了。

「哲彥，你的企劃，麻煩讓我帶回去。聽完經紀公司的說法，我再決定要復出還是答應你的主意。這樣可以嗎？」

「可以是可以啦——不然，你也帶我去經紀公司嘛。」

「啥？怎麼連你也想去？」

「我有想看的東西。」

「什麼叫『有想看的東西』啊？」

「這不重要吧。」

「怎樣啦，你想妨礙我復出嗎？」

這傢伙談起企劃會熱衷成這樣，表示他就是這麼想將事情辦成吧。而且背地裡似乎還有更進一步的構想，難保不會為此來搗亂我要復出演藝界的商談。

「我不會啦。」

「不不不，這樣沒人會信你。」

「…………………拜託。」

真的假的——

「我所認識的哲彥」……向人低頭了。

公開了影片卻不肯道歉，連送披薩賠罪都沒有自己出錢的哲彥——做了這種舉動。

「…………」

不曉得他說有想看的東西會是指什麼。

剛才哲彥回我「這不重要吧」，意思應該是他不想講理由。哲彥就是希望能藏著理由不說，直接跟我一起去。

我搔了搔頭。

「啊啊！………好啦，知道了啦。」

我理解他的心態了，當中有非同小可的理由。那我就只能這麼回話。

「不過呢，你真的別來攪局喔。」

「知道啦。這一次，我只是跟著去而已，不會插嘴。」

「我、我也想去！」

這次換白草舉手了。

「我也不會插嘴，我只是想在旁邊聽小末談復出的事……不行嗎？」

白草應該不會攪局吧。這樣在我答應哲彥的時間點就已經失去了拒絕的理由。

「我明白了。但是要以我、小黑還有小桃的行程為優先。如果你們兩個不能配合，我就不帶你們過去。這樣可以嗎？」

「行啊。」

「嗯。」

哲彥的目的——

黑羽的意圖——

白草的心思——

真理愛的盤算——

感覺這些似乎全都交纏在一起，互相造成了複雜的影響。

而我無法看清。但是要做的事已經決定了。

『即使選擇復出，希望你並不是出於逃避戀愛的消極情緒，要憑著積極正向的念頭來做選擇。因為這在晴哥的人生中八成會成為一項重大的選擇。』

就是說啊，朱音，人生的選擇必須懷著正面的心態做決定。

立場相當於妹妹，給的建議卻實在有幫助。

假如我做出了什麼決斷，到時得送禮表示心意才行——我如此認為。

第三章　於赫迪經紀公司

——我曾經討厭一切。討厭除了姊姊以外的……一切人事物。

*

我有一對狠心的父母，現在我還是會夢見他們。夢見父母吵架的光景，還有他們將憤怒轉到我身上，舉起拳頭走過來的模樣。

父親和母親都是以特種行業維生，而且成就並沒有高到自己開店，屬於更底層的人員。收入好的月份，他們也曾心情大好地帶我到家庭餐廳。我記得父母和姊姊在那時候都帶有笑容，過得非常開心。

但是笑容逐年減少了。隨著年紀增長，父母都失去了名為年輕的魅力，收入也就按比例漸漸下降。

不知從何時開始，父親家暴成了日常生活的一環。母親基本上都是被施暴的那方，可是憤懣累積以後，她就會對更弱的我或姊姊施暴來發洩。父親和母親都沒有站在我們這邊，他們的存在只會折磨我跟姊姊。

對我而言，大自己七歲的姊姊是唯一救贖。

『我一定會保護好真理愛的。』

我覺得不可思議，為什麼那種父母能生出如此了不起的姊姊。

姊姊對我很好，她寧願犧牲跟朋友玩的時間來照顧我；還會煮飯、打掃家裡，才讀國中卻有能力偶爾偷偷打工賺晚餐錢。

然而姊姊絕不下海踏進沉淪的世界。

她既沒有出賣身體，也不會對誰巴結奉承，為人正派，有氣節，困惱時懂得跟旁人商量，始終走在能夠見光的正道上搏鬥。

姊姊似乎從以前就一直在計劃要逃離父母。她跟身邊的人商量過，以免讓父母追來找我們，還費了心思避免在法律方面出問題。

計畫付諸實行跟姊姊從國中畢業是同一時刻。我就在升上小學三年級之際，被姊姊帶到了東京。

有件事我現在回想起來仍會後悔。

姊姊成績優秀，甚至能考進地方上頂尖的升學取向學校。儘管如此，她卻選了國中畢業就出社會工作這條路，而且來到東京後的工作是薪水微薄的工廠勞動。

姊姊一面拚命工作一面代替父母養育我，我卻覺得痛苦。

我最喜歡姊姊，唯一願意站在我這邊的姊姊。

可是——我卻只會讓姊姊受苦。

我毀了姊姊的未來。只要沒有我，姊姊應該就可以更加自由地展翅翱翔。只要沒有我，她可以更加投入於學業，也可以存更多錢。那樣的話，姊姊應該就可以重新讀高中及大學。

我——感到厭惡。

我厭惡這世上除了姊姊以外的一切；我厭惡讓姊姊吃苦頭的這個世界；我更厭惡既沒用又只會扯姊姊後腿，形同累贅的自己——僅次於那對人渣父母。

於是就在某一天，我被奇怪的星探老太婆找上了。

『臉蛋合格，更重要的是那對眼睛……彷彿憎恨世上一切事物的那對眼睛，實在魅力難擋。妳的眼睛有足夠能力吸引人。如果有興趣，可以來我這裡。』

當時我跟姊姊是在家附近走動。

我一直認為姊姊才是世上最美的，老太婆有興趣的卻是我。對此我大感訝異。

坦白講，我並不感興趣。可是——

『我呢，一直覺得真理愛才是世界上最可愛的喔。感覺就像得到了星探認同，好高興喔。』

姊姊卻意外地為我慶幸。另外——

『只要完成工作，當然就有報酬。視工作內容而定，妳還可以領到衣服。』

這有可能讓姊姊過得輕鬆點。

出於這兩項理由，我決定加入經紀公司了。

我多加了一項條件。

『我不想增加姊姊的負擔，所以我不會讓姊姊接送，也不會讓她在現場觀摩。不要讓姊姊替我出錢，所以交通費和餐費要由經紀公司出，開銷可以從報酬當中扣除。總之我就是絕對不接受任何會造成姊姊負擔的事情。』

找上我的星探老太婆——妮娜．赫迪答應了我開的條件，還說會讓我跟在先入行的少年身邊學習，並且主打兄妹檔的形象。

——那個人就是末晴哥哥，人家的真命天子。

我討厭姊姊以外的一切人事物，我憎恨其他人，所以我當然不打算跟末晴哥哥好好相處。

末晴哥哥會擺出年長者的架子教我許多事，令人不爽。我討厭他把自己當成哥哥，還設身處地為我著想的偽善德性。

不可以跟別人變得親密，反正姊姊以外的人都會背叛我。畢竟連父親和母親——都成了我們的敵人。如此心想的我希望賺點錢，就到經紀公司上班了。

只是——

『我怎麼能輸！無論發生什麼事，我都會把媽媽找回來！』

我喜歡末晴哥哥——的演技。

「多麼純粹的才能啊」——我這麼認為。

即使說客套話，末晴哥哥平時仍稱不上多起眼。演藝界就是有這麼多長相端正的人，他的外貌在那當中顯得平凡又沒有吸引人的特色。頭腦算不上好，談吐更沒有靈敏之處，不懂得察言觀色，有時候還甘於當馬屁精，而且常常擺烏龍鬧笑話。某方面來講，在聚集了各種特殊才能的這個業界，他展露的才能之少反而罕見。

不過——當他開始表演，一切就會隨之改變。

原本唉聲嘆氣地表示拿末晴哥哥沒轍的那些大人半是瞧不起他，半是冷淡地旁觀，然而當末晴哥哥開始表演時，他們就會忽然靜下來，受到吸引，進而改變表情。見證那一幕是我的最愛。

末晴哥哥的才能是獨擅於演藝方面，他的才能只集中在取悅他人這一點。

末晴哥哥跟我正好相反，彷彿將造福他人幸福的碎片聚集起來才砌成了像他這樣的人。這麼一想，我就覺得他看起來好耀眼。

『我說啊，妳這個女生一～直都在跟人嘔氣，活得像這樣有樂趣嗎？』

某天，當我第一次接到比較有分量的角色就被挑毛病而鬧情緒時，末晴哥哥突然對我講了這種話。

『妳甘願這樣嗎？隨便演演，不覺得後悔嗎？』

老實說我覺得很不爽。非常不爽。因為他戳中了痛處。

『人家跟你不一樣。人家沒有你那麼會演。』

『不，我敢說妳絕對行。』

『……為什麼你那麼有把握？』

『因為妳全部都懂啊，對吧？』

我的喉嚨深處不自覺地哽住了……我想都沒有想到自己會穿幫。

『無論是狀況、氣氛、共同演出者的性格、心情，妳全都懂。這種事看妳的舉動就知道了吧。然而妳卻演不好，全都是因為妳在跟人嘔氣。』

我從以前就認為身邊的大人都很愚昧。為什麼大人盡是連這點道理都不懂的蠢貨呢？我在心裡瞧不起他們。

可是那些蠢貨靠著生在正常家庭而讀完大學，還可以賺大錢。比那些蠢貨優秀的姊姊卻只能讀到國中畢業，找不到什麼好工作，薪水又少。而且照這樣下去，我自己也會走上一樣的路。

我覺得這好荒唐，一切都在出生時就決定好了。

就算有才能，就算肯努力，只要命不好就沒有意義。

所有人腳下都有一片深不見底的沼澤，人會在毫無預警的情況下就掉進那裡頭。比方發生事故或得病，即使別無過錯也會讓人生結束。而且在他人眼中看來，那就只是「運氣不好」而已。明明自己有相同遭遇就不會用這麼簡單的一句話了事，卻因為事不關己而隨便總結，自說自話地平安度過今天以後便感到安心。

還有一生下來就掉進沼澤的情況。我跟姊姊正是如此。

在我看來，末晴哥哥是受上天眷顧的人。有母親全面給予後援，自己又有才能。

所以我只能一面從沼澤底部仰望他的光芒，一面滿懷反抗的心理冷笑。

這個人有演藝的才能，卻是個傻瓜，我懂得比他多太多了。證據就是這個人連我在想什麼都不懂。看吧，他果然是傻瓜。明明我比較高明，他連這一點都沒有發現。但是因為我命不好，就沒辦法受人肯定。我好可憐。

我都這樣擅自認命，瞧不起他人，藉此來安慰自己。

『唔……！』

我會覺得羞恥而臉紅，是因為自己這種愚昧的內心被過去一直瞧不起的末晴哥哥看透了。

『那又怎麼樣啦！』

我吼了出來。

『努力就能解決問題嗎！我又不像你一樣受上天眷顧！』

末晴哥哥沒有反駁，只是默默望著我。這種態度在我心頭上的火加了油。

『我才不像你有璀璨的未來！我做什麼都沒用！這是推翻不了的！不然我還能怎麼辦！』

『……我聽妮娜奶奶提過，現在妳正要跟溫柔的姊姊重新起步過生活吧？難道說，妳都不會想讓姊姊過得好嗎？』

『！……會啊！我想啊！可是——』

『**沒有可是～～～！**』

叩的一聲。

頭槌。額頭跟額頭用力對撞。出乎預料的事態讓我的思緒短路，從額頭蔓延的疼痛推遲了對狀況的理解。

『好～～～痛喔！』

『假如妳甘願這樣，我就不再費脣舌了！不過，妳有心讓姊姊過得好吧！那妳怎麼不努力呢！妳怎麼都在跟人嘔氣呢！』

『反正我再怎麼努力也沒——』

『真的都沒用嗎？千真萬確？明明妳都沒有試著付出全力，妳這樣不會後悔？』

『唔——！』

被他這麼一說，我吭不了聲。

我明白。我害怕付出全力。付出全力還是不行的時候，我就無法找藉口了。我非得認清自己缺乏才能，並且面對往後的絕望。與其這樣，乾脆用「其實我是有辦法，只不過沒認真而已」來搪塞問題，不努力還比較輕鬆。

『拿出全力嘛！妳有才能！妳的腦袋應該比我好，直覺又敏銳！不過要比演技，我可不會輸妳！先聲明，表演能力跟我差不多算是很厲害的喔。在同年齡層的人面前，我可是第一次講這種話喔。』

或許末晴哥哥不算聰明，但是他並沒有活得扭曲。

他活得正直無愧，對眼前的事情投注了全力。

末晴哥哥都沒有騙過我，所以我可以理解，他講這些話是認真的。

『真、真的……？我有跟你差不多的……才能？人家有嗎……？』

我沒辦法坦然相信。

自己會有那麼燦爛的才能？自己也能成為燦爛的人？然後就可以幫助姊姊？以往都只會讓姊姊幫助的自己有這種能力？

『我敢保證！所以「妳要讓自己成熟點」！』

這句話像狂風一樣迎面撲來，「還從我身上颳走了些什麼」。

……過去我都在逃避。我一直在逃避父母，逃避旁人。

我一逃再逃，每次都讓姊姊保護我。所以即使想回報姊姊，我也根深蒂固地認為自己辦不到。我沒有自信，我不曾挺身對抗。

但是這個人說我辦得到。擁有如此才能的人願意說我辦得到。他嚷嚷著要我自己站起來、自己採取行動。

那我或許是有能力的。我也辦得到。

沒錯，以往我是個只會逃避事物的小孩，而且周遭也肯包容我這樣。

但是被相當於同學的人喝斥要成熟點──我認為他說得對。

假如現在不拿出全力迎接挑戰，我會過著一輩子都在逃避的人生。我有這種直覺。

『──人家明白了。』

我站了起來。

『人家……會努力。人家會努力到……能追上你的腳步。你願意等到那時候嗎？』

『──當然嘍。』

我一直都想追上末晴哥哥。

我只顧追逐從井底看見的那道光輝，不停地獲勝。

可是在稱得上對手的人都不見以後，末晴哥哥卻不在了。

『哥哥是很厲害的！哥哥是人家的英雄！才不可能變得無法上台表演！因為哥哥有說過，會等到人家凌駕哥哥的那一天啊！』

當我拋出這些話以後，末晴哥哥就從光輝燦爛的世界消失了。

所以我一度有過拋下他的念頭。

我本身已經獨立了，所以末晴哥哥在不在都沒關係。對手還在，敵人也還在。我非得繼續贏下去才行。

在我這麼想的期間，敵人消滅了，對手也不在了──我落得孤獨一人。

「哥哥……拜託你……從孤獨中拯救人家……」

末晴哥哥拯救了我的人生。而末晴哥哥在成為高中生以後，氣質仍然沒有改變，我說了那麼狠心的話跟他絕交，他還是願意用笑容接納我，我好高興。那天，在睡前回想這件事的我甚至哭了出來，我真的真的好高興。

然而我同時也感到恐懼。

末晴哥哥掉進了無底沼澤。如果他因此失去光彩怎麼辦……我不要，我不想對他失望……

他在影片中展露了一鱗半爪的本事，不過那可以說是他原先就有的才藝。現在，我不曉得他還有多少表演能力。

「讓人家相信你……末晴哥哥……」

經過六年，我以為自己努力掙脫了沼澤，卻發現眼前仍是黑暗。

即使站在光輝燦爛的舞台上，一個人還是會寂寞。

我依舊身處黑暗之中。

*

赫迪經紀公司位於從澀谷站下車步行十分鐘路程之處。沿道玄坂街前進，途中拐向南以後有棟十層樓大廈，其辦公室就設於五樓。經紀公司規模在業界勉強能排進前五十名，然而創業巨擘妮娜．赫迪可以說不時就會發掘出中大獎的新人，每每讓名聲水漲船高。而押中大獎的代表性最後範例就是我丸末晴，以及桃坂真理愛。

「怎麼樣，你覺得懷念嗎，末晴哥哥？」

「……還好。」

仰望大廈，原本位於三樓的公司被居酒屋取代了。外觀看起來沒有多大變化，但是時光確實在流逝。

我從幼稚園時就隸屬於某個劇團，那個劇團有跟赫迪經紀公司合作。透過這層關係，妮娜奶奶在我小學三年級的時候來到了劇團，一看見我——

『你看起來滿有意思，就用你嘍。』

我被這麼嘀咕的她帶走以後，隨即出道。直到退隱前的兩年間，我幾乎每週都會來這裡。

「人家跟哥哥認識也是在這裡呢。」

「……對啊。」

跟真理愛認識，是在我小學四年級的時候。

當時的真理愛膽小得嚇人，又陰沉，總之是個誰都不肯信任的問題兒童。

『末晴，你要拿出大哥的架勢照顧她。』

忽然被妮娜奶奶這麼交代，我記得自己著實感到混亂。

不過妮娜奶奶大概都了然於心。她知道真理愛需要在同年齡層當中找到可信賴的人。另外那應該也有促進我成長的用意。因為我跟志田家有來往，也扮演過大哥的角色，不過對方終究是鄰居，我並沒有真正搞懂照顧他人是怎麼一回事。妮娜奶奶會把我跟真理愛湊成兄妹檔，就是為了讓我們互相促進成長的戰略吧。

『妳的名字是？』

我一問，眼神像行屍走肉的真理愛就退到死角然後這麼說：

『……去死啦，白痴。』

沒錯，真理愛曾是條逢人就咬的狂犬……不，單就可愛度來說仍然卓越出眾，所以該叫她狂兔才對。

當時真的很辛苦。妮娜奶奶交代我要跟真理愛一起行動，我就教了她許多事情，她卻光會頂撞旁人，又不肯融入環境，給我添了非常多困擾。

但我後來就察覺了。奇怪，這個女生，其實非常有能力吧？

『……欸，誰搞的鬼啦！把放屁坐墊擺在這裡！』

她想讓我困擾而做出的舉動都會像這樣，精確到嚇人的地步。

在嚴肅的工作現場逗我笑，在需要歡笑的現場則會做出惹我哭的事情。

她都有認清場合，還看透了會讓我困擾的事情是什麼。既然懂得動腦子搞鬼，感覺也就更加氣人。

「人家居然還能像這樣跟末晴哥哥來這裡……真是太感激了。」

「感不感激不好說，感慨很深倒是真的。」

我對成長以後在演藝界也綻放出頂尖光彩的真理愛不會有戀愛感情，大概就是受這段時期照顧她的經驗影響。該怎麼說呢，我都照顧她這麼久了，感覺已經不像外人，把她當成妹妹還是最貼切的。

真理愛看了名牌手錶嘀咕：

「……其他人真慢呢，肯定是迷路了吧。還是擱下他們先走好了。」

話說完，她抓起了我的手。載著哲彥等人的計程車便在這一刻抵達。

「欸，妳為什麼牽著小末的手！」

從後座衝出來的白草情緒激動。

「……啊，這個嗎？感覺末晴哥哥很久沒來會不習慣，人家只是為了領路才牽他的手啊。」

「這算什麼台詞？要當成藉口也太牽強了吧？」

「一般來想，人家覺得妳的言行才比較不堪入目喔。」

這兩個人關係有夠糟糕……我覺得肚子好像痛起來了，要溜嗎？

「小桃小姐，我有個問題想要請教妳……」

跟著白草下車的黑羽向真理愛問道。後頭還可以看見比她們晚的哲彥從副駕駛座下車。

「什麼事情？」

「妳先替我們付過計程車費了對吧？當時，妳是不是說過不用找錢？」

「對，我說過，這又怎麼了嗎？」

「那麼，關於司機開來這裡的路線明顯不對勁這一點，妳有沒有什麼話要說？假如哲彥同學沒發現，我們還會遲到更久耶。」

「……嗯？」

話題好像突然變得詭異了。

今天講好在我家集合的哲彥、黑羽、白草都到了，真理愛會安排車子來接我們。

到場的真理愛準備了兩輛車。一輛是她的專用車，另一輛則是計程車。真理愛表示只想讓我搭專用車，還想跟我聊回憶，所以讓其他三個人搭了計程車。

後來兩輛車就同時從我家朝經紀公司出發——

「那真是不得了呢。」

真理愛由衷關心似的說道。

而黑羽淡然地向真理愛揭穿事實。

「拿這兩點來對質，只能想到是妳收買了計程車司機，打算把我們帶離小晴身邊，以便爭取時間……難道不是嗎？」

……啊～～是的，小黑應該猜對了，不用質問也能夠斷言無誤的推敲水準。我光聽就覺得小桃會用這種手段。

在場所有人都用疑惑的眼神看著真理愛。面對這種眼神，真理愛俏皮地微微一笑。

「——不是喔。」

「妳為什麼神經可以這麼粗啊！隨口都能睜眼說瞎話，我真的覺得妳很厲害耶！」

當我如此吐槽時，真理愛就用雙手捧著臉，一副「被哥哥誇獎好高興！」的樣子將身體扭來扭去。

我並不是在誇獎真理愛，不過覺得她很厲害是事實。

我沒辦法在日常生活跟舞台之間瞬間做切換，因此謊話不是想說就說得出來。但是真理愛就能瞬間轉變，我想這個女生大概是天生的演員料子吧。

白草都對她無言了，我們應該也不用站在這裡繼續爭辯。

「小桃，所有人都到了，麻煩妳帶我們去見老闆。」

「我明白了，那我們走吧，末晴哥哥還有其他跟屁蟲。」

「「啥～～？」」

黑羽和白草蹙起眉頭。

這幾個女生是怎樣？難不成現在在女高中生之間，最流行的是用口才激怒別人嗎？要是這樣實在很惹人嫌耶。

「……我是跟屁蟲沒錯，不過志田有拿到名片，可知也是藝人，她們不算毫無關係吧。」

其實最令我在意的是哲彥。總覺得他今天好安靜，或者該說鬧情緒的方式跟平常不太一樣，總之散發出來的氣息就是不同。像剛才那句台詞，他還獨自站出來擋箭並幫黑羽和白草維護顏面，這不像他的作風。

「………妳可以領路了。」

黑羽開口叮嚀。

白草似乎沒有察覺蹊蹺，但黑羽好像發現哲彥的樣子不對勁了。

真理愛的戲謔調調也隨之消失。她應該是看出現場氣氛了吧。這樣的敏銳度，或許比以前還要洗鍊。

我們五個人搭乘電梯前往五樓。穿過光鮮亮麗的大廳後，便來到凌亂的樓層。

「咦，這不是小丸嗎！」

「啊，真的耶！唔哇，他真的變高中生了！」

「咦，當真當真？」

這裡是製作部門，換句話說有許多以前跟我來往過的人，轉眼間我就被圍住了。

「哎呀～～大家好，好久沒有過來問候。啊，以前受各位關照了。」

坦白說我不記得的人比較多，但是這時候的首要之務是避免失禮！壞了他們的心情不會有任何好處！

『對於給你支持的人千萬不能擺架子！自己越是變得有名，反而越要向他們低頭！「稻穗越飽滿，頭就越低」——你要好好記住這個道理！』

這是母親的教誨，也是灌輸在我骨子裡的一段話。而且我在成為高中生以後，對於用金玉良言教導的母親重新湧起了感激之情。

「呃～～過獎過獎，哪裡……啊，我今天比較忙，改天再找機會！……不是那樣的，因為要請示意見才先過來拜候……光是能被記得就感激不盡了！被甩掉百萬次的男人聽了真的會讓我想死，拜託別提了……啊，總不能讓老闆等我，先告辭嘍！」

我大致是這樣突圍的。

回到大家等著的櫃台以後，由於周圍到處擺了各式精品，宛如不同世界的景象似乎讓黑羽很不自在。考慮到這一點，白草不愧是在職藝人，即使被攀談也能用客套的笑容簡單應付過去，可見她習慣了。只是哲彥的模樣仍舊不太對勁，用冷眼以對來形容他的態度會比較好聽，卻有種心不在焉的感覺。

我們抵達最裡面的董事長室門前。帶頭的真理愛敲門以後——

和氣輕鬆的嗓音傳來。

「請進～～」

「——你先請，末晴哥哥。」

受到真理愛催促，我不得不頭一個進去。

眼裡首先看見的是感覺昂貴的繪畫及古董品，約十坪的房間內擺滿了那些。另外還有沙發和桌子等家具，每項都顯得昂貴，品味近似土財主——這是我的第一印象。

神，因此我覺得落差相當強烈。妮娜奶奶最重視實用性。即使杯子有裂痕，還能用就不成問題吧？她的為人有這種勤儉精擺設變得如此豪華的房間中央，有個中年男子坐在豪華椅子上蹺著腿，星期六的上午就在喝紅酒。

這個人就是董事長——赫迪・瞬嗎？

「嗨！小丸！」

瞬老闆剛見到我就從座位起身，態度誇張地張開雙臂。

我不禁後退。

該怎麼說呢，用一個詞來形容就是……「流裡流氣」。

首先金髮看來就流裡流氣。因為他有四分之一的外國血統，金髮倒不至於不搭調，可是身上仍有頗為明顯的日本人氣質，而且年紀恐怕在四十歲左右，所以髮色難免造成流裡流氣的觀感。

然後下巴留的鬍子也流裡流氣。耍痞的大叔？

紫色襯衫也流裡流氣……當牛郎嗎？

哇～～鞋頭好尖！用腳尖踹下去會刺傷人吧？

整體來講有濃濃的浪子氣息。要過什麼樣的生活才會變成這種中年人？

……諸如此類的吐槽和疑問在腦海裡此起彼落，讓我受到了震懾。

這麼說來，記得真理愛有談到。

『小桃，妳對他的印象是？』

『可以確定的是手腕很高明。』

『其他方面呢？比如性格怎樣？』

『我想更詳細的部分要由哥哥親眼確認比較好。先跟他見個面看看怎麼樣？』

哎，既然老闆本人流裡流氣成這樣，她也只能回答先見面再說啦……

而在滿滿流裡流氣的特質中，尤其明顯的是——

「哎呀哎呀哎呀，小丸……不錯喔！很好很好，能親眼見識你……真不錯！我啊，非常中意你耶～～該怎麼說呢，你身上果然有某種氣場～～雖然說不出道理，總之不錯就是不錯～～」

——他這種語氣。

咦？你在誇獎我嗎？還是在損我？

說真的，我聽不出對方有多認真。

啊，這種人讓我想動手開扁——我憑直覺如此感受到。

……冷靜下來。對方是老闆，那樣做會使我身敗名裂。

我深呼吸以後，按下內心的「應酬模式開關」。

「哎呀～～老闆！老闆您才是氣勢非凡呢！我在見到您的那一瞬間，就受到了震懾！該怎麼說呢，您的派頭讓我覺得：『唔哇，時尚男士就是在形容這種風格啦！』」

看吧，我這經過磨練的馬屁功夫！

呵，我可是精通下跪技巧的男人……若需要陪笑搓手依附權貴，我不會有一絲猶豫！

「不錯不錯～～！小丸你真內行～～！」

「老闆才是呢，您這身打扮完全屬於『內行人的穿搭』啊～～」

「你太會客套啦～～都從哪裡學來的？」

「不不不，我只是老實說出心裡的想法喔～～啊哈哈哈～～」

我希望獲得讚美。請讚美我這種立刻就能跟痞子大叔周旋的溝通力。哎，與其稱為溝通力，也可以說我只是拋開了自尊……對於這一點還是睜隻眼閉隻眼吧。

「小晴……」

「小末……」

有冰冷的目光扎在我背後。

奇怪，我的行動該不會被嫌惡到極點了吧……？

在這種冰冷目光中，哲彥的目光更是到了別有不同的境界。

嗯～～與其說傻眼，不如稱為輕蔑？看待垃圾的眼神？嗯～～照這樣看，其中還摻有殺意。

……啊，而且他這種眼神不是針對我，是針對瞬老闆。

硬要跟來還瞪著老闆想找碴……這傢伙搞什麼啊？

「不愧是末晴哥哥，太漂亮了。」

在這種情況下，只有真理愛願意稱讚我。

哎，其實這也是母親教我的。

『對給予支持的人低頭。』

『對經紀公司的幹部和贊助商，頭就要更低。』

換句話說，要一直低著頭。對此我並不覺得抗拒，被灌輸這套觀念時，我就拋開自尊了。

「所以呢，小丸你覺得怎樣？趁這個機會，要不要復出？」

「啊～～沒有啦～～老實說我是有點猶豫～～」

「咦～～為什麼咧？」

「呃，因為我有滿長一段空窗期，說起來也希望能兼顧學校生活……」

「我說啊，小丸，賺錢要趁現在～～你懂吧～～？」

「這個嘛……確實如您所說啦。」

「上學那種小事，等你錢賺夠再來考慮不就好了，對吧？」

「哈哈……」

嗯～～這副調調，我不覺得自己是在跟四十歲左右的大叔對話。

還有他這種若無其事的逼迫感……讓我有點……不，讓我非常吃不消。

他講的話並不算錯，有合理性。

既然我的知名度靠影片飆漲了，確實是「賺錢就趁現在」，再考慮到時機的重要性，他把上學講成「小事」也算正確。

但是人不會只憑道理行動。從感性而言，我怎麼也不覺得上學是「小事」。

「噢噢～～仔細一看，連志田小妹都來了嘛！」

唔哇～～他發現黑羽在場了……

黑羽是優等生，不會對初次見面的人表露厭惡。可是光看就知道她在遲疑，而且也隱藏不了本身對瞬老闆並沒有好印象這一點。

「志田小妹，怎樣？妳來這裡，就是要出道吧？」

「不、不是的，那個……關於出道的事……」

「妳總不會說不要吧？」

黑羽原本還對瞬老闆逼迫人的話術陪以苦笑，不過她大口做了一次深呼吸，然後就停止陪笑並低下頭。

「……不，請容我拒絕。我今天是為了拒絕才過來的。」

黑羽果然有主見。

像她這種不屈於逼迫的堅強——我一直打從心裡感到尊敬。

「……哦～～」

性格輕浮的浪子——從那張假面具底下露出了不同的臉孔。

令人心底發涼的冷酷、凶狠，還有生理上的噁心感。這些個要素攪和成一團以後，都掛在他臉上。

我瞬間就認清了。

——哎，這恐怕才是他的本性。

「我說志田小妹……假如妳現在跟小丸一起出道……三年就可以賺一億喔。」

「！」

難免連黑羽都瞪圓了眼睛。

「順帶一提，小丸三年可以賺三億。雖然拿不出保證，但是照我的計畫去做，十足有可能達到這個數字。」

三億……？有種說法指出，人一生能賺到的錢就是三億圓，難道我花三年就能賺到一輩子的錢……？

「其實呢，有贊助商在期待小丸，還說想委託他主演廣告。志田小妹妳也加進來的話，話題性就會倍增。那位贊助商聽說小丸今天會來，還表示務必要見上一面。對方預計再過一陣子就會來這裡，總之麻煩你們先打聲招呼嘍。」

三億……三億……三億……

三億造成的震撼，使我聽不見瞬老闆說的話。

萬一能賺那麼多錢──

我用力握拳。

「哲彥！能賺那麼多錢的話，就算向玲菜拜託色色的事，她也會默默答應吧！」

「末晴～你這個主意爛到連我都被嚇傻了～某方面來講，已經超出我的想像啦～」

「小晴……」

「小末……」

哎呀……我一興奮就忍不住說出口了……這麼被嫌惡嗎！

「我、我能理解這種想法無法討好女生啦……可是，哲彥！你一樣是高中男生……你跟我屬於同類吧！別擺一副自己可跟我不同的臉啦！」

「咦？可是我對女人並不飢渴，所以真的不懂你的想法耶。對色色的事情拚命成這樣，會讓我不敢領教啦～」

「你這傢伙～～～！現在就給我向全國的高中男生道歉～～～！」

「白痴～～～～～！不受女生歡迎的傢伙自己活該啦～～～！你才應該代表沒人要的男生向我道歉～～！道歉的話，我就可以教你受女生歡迎的訣竅喔～～～！」

「咦？真的嗎？啊，我、我道歉！相對地，你要記得教我喔！」

「小晴……」

「小末……」

嗯～～奇怪了。感覺從我們走進這個房間以後，黑羽和白草對我的好感度就下滑了一大截……明明我只是採取了正直的行動……

「不要緊喔，末晴哥哥……人家會教你洗心革面重新做人的……」

我看似被真理愛肯定，其實也遭到了委婉的否定……

瞬老闆清了清嗓，然後找回自己的步調。

「先撇開那個廢物好了，志田小妹，妳會同意吧？三年賺一億！這有多厲害，妳曉得嗎？」

「是、是喔……呃……」

雖然黑羽一度明確拒絕，事實上金額之大還是讓她受了驚嚇。她並不屬於對錢執著的類型，可是不小心產生興趣以後，似乎就心虛得不敢打斷對方的話了。

「當然只要志田小妹多展現幾種才華，金額還可以加倍……不，乘三倍都有可能。那樣的話別說三年，妳想一直在演藝界走跳也行。當然嘍，妳想花三年賺到一億就收山同樣可以。假如有這筆儲蓄，之後要讀大學一樣能讀啊，或者在三年中找個帥哥談戀愛然後結婚也是可以。進演藝圈就可以跟一般人沒機會認識的大人物談戀愛喔。因為妳現在的知名度和注目度遠比三流偶像高，才辦得到這種事喔。」

瞬老闆講這些是很勢利，但全部都是事實吧。實際上既有合理性，更可說是普世價值觀中令人「憧憬」的美好未來。

可是我很了解黑羽具備的精神跟普世價值觀所懷的憧憬不同。她是個思維相當踏實的人。

黑羽愛惜的是日常生活。她愛惜家人，愛惜朋友，所以她會主動付出關懷，有人需要商量煩惱，她就會爽快地奉陪。因為跟周遭建立聯繫也是她樂意而為的。

所以——黑羽並沒有意願出風頭。從黑羽的性格來想，她會立刻做出對演藝界沒興趣的結論也是合情合理。

「呃……你談到的優渥待遇固然令人感激……但是對不起。」

「剛才，妳說了感激對吧？這表示妳明白金錢的價值吧？那就沒有必要向我道歉啊。」

——小黑不是已經拒絕你了嗎？

「不，所以我想說錢雖然重要，但我更重視身邊的人……」

「有錢的話，妳就可以讓身邊的人過得好吧？妳不想孝順父母嗎？」

——可是你為什麼硬要逼她答應？

「我當然想孝順，可是……」

「那就來吧！來從事演藝活動！」

——甚至拿出這種用父母來要脅的話術……

「不，我說過好幾次了，我今天是為了拒絕才來……」

「……小妹，妳很不領情耶。我看是做父母的沒把妳教好吧？」

黑羽臉色變了。這是當然。她並不是父母受到揶揄還能忍氣吞聲的人。

那……我呢？

——小黑，還有小黑的父母……我所重視的這些人受到揶揄，我又會……？

『對給予支持的人低頭。』

『對經紀公司的幹部和贊助商，頭就要更低。』

這是我母親的教誨——但還有後續。

『不過若是為了自己重視的人，你就完全不需要低頭。你要勇於對抗——』

——沒錯，她教導過我，最要緊的是為了保護重視的人，要有一顆不惜對抗的心。

黑羽抬頭銳利地瞪向對方。瞬老闆瞇細眼睛，彷彿在嫌棄她是個囂張的女人。

而我——拿起了桌上擺的紅酒，淋在那個混帳老闆頭上。

「——你別瞧不起我的青梅竹馬。」

紅酒沿著老闆的臉頰滴到地毯上。

董事長室的時間隨之靜止，每個人都訝異得倒抽一口氣，瞪大了眼睛。

唐突過頭的行動讓瞬老闆愣住。

但他在短短幾秒內理解事態，只見他的神色逐漸轉為憎惡。

變得冷靜的反而是我。

我一發火就不小心闖了禍——然而，發火的對象實在太糟糕。

「啊，呃～～這個嘛……說起來就是……對、對了，這算擦槍走火！看嘛，我才走火一次，只是手滑而已！跟誤觸一樣啦！我只是在各種因素下，手一滑就——」

「小末，你這套辯詞未免……」

「事到如今還想粉飾，末晴……你是有多不要臉啊？」

「少囉嗦！你閉嘴啦！」

當我傻呼呼地陪笑臉時，瞬老闆就拿出花色沒什麼品味的手帕，把沿著臉孔輪廓流下來的紅酒擦掉。

而且先前的輕浮口氣不知道去了哪裡，他用完全看扁人的眼神瞪過來。

「嘖，看到你跟廢物一起來，我就有不好的預感！果然你也是廢物！」

……唔，他剛才說的是什麼意思？

「果然你也是廢物」的部分肯定是指我。

嗯～～這無所謂。畢竟我做了這麼嚴重的事。

不過這樣的話，「你跟廢物一起來」的部分…………難不成是指哲彥？對了，瞬老闆剛才講過「先撇開那個廢物好了」，也是指哲彥嗎？

……咦，原來瞬老闆認識哲彥？怎麼認識的？

「喂……你這傢伙，剛才都說了些什麼！」

哲彥突然發飆了。他趁所有人都還反應不過來的時候衝上去，一回神已經揪住了瞬老闆的領子猛扯。

「欸，哲彥同學！做到這種地步會跟原定的——」

……原定？

黑羽講到一半的話讓我好奇，但現在實在沒有空確認。

「哲彥，快住手！」

雖然我也對混帳老闆發飆了，但是哲彥這樣未免太過火。

我架住了哲彥，硬是把他拉開。

「這樣不像你吧！你是怎麼了！」

「你少囉嗦，呆瓜晴！放手！罵我無所謂！可是自己的兄弟被這種人渣瞧不起——我怎麼能默不作聲！」

「哲彥……」

混帳傢伙，哲彥。聽你這麼說，我會被感動啦。

可是他這種發飆方式並不尋常。難道……哲彥和瞬老闆之間有什麼恩怨？那該不會——

『我有想看的東西。』

跟他之前說過的這句話有關聯？儘管我想問清楚……不過想必瞬老闆和哲彥雙方都不會給我答覆。

「一群廢物……」

瞬老闆調好領帶後，拿起桌上的電話。

「喂，給我報警。有暴徒闖進辦公室…………嗯？你說什麼？」

看來他是在跟經紀公司的人通電話，模樣卻顯得不太對勁。

「……啊，不是的，並沒有那種事情……請稍待片刻。」

大概出了什麼狀況吧。瞬老闆臉色變了以後——

「你們都在這裡給我待著！」

他如此威嚇，然後不知怎地就離開了董事長室。

被留下來的我們落得在一片安靜中呆站著的處境。

「…………」

「…………」

「…………」

「…………」

「…………怎麼辦啊～～」

怎麼辦啊？這是發自我內心的吶喊。

「喂，現在怎麼辦，哲彥？沒有什麼好方法嗎？」

我用手肘頂了頂哲彥。

「我們沒讓他受傷。在場的只有我們幾個，所有人一起作證說沒事就行了。」

「我淋的紅酒呢？聞得出味道吧？」

「當成那個混帳自己跌倒灑到頭上的不就好了？」

「原來如此……我第一次覺得你這麼可靠……」

好猛，不愧是哲彥，動起歪腦筋沒人能跟他比，以情急之下想的藉口來說簡直完美。

「小末，我會幫忙作證。因為……那個人實在太過分了，不能原諒。」

白草表示贊同。

「有必要的話，人家也會作證。」

真理愛也立刻點了頭。

「——小晴。」

一道凜然的嗓音響起。

黑羽站到我眼前，直直地仰望而來。這副表情……是說教模式的臉。

「從姊姊的觀點來看，淋紅酒還有大家一起撒謊，都不得不說太過火。」

「……也是啦。」

到底是優等生。如黑羽所說，只要冷靜想想，她完全是對的。

「小晴，你打算怎麼辦呢？即使用小手段蒙混過去，也只能撐過一時吧？對經紀公司老闆做出這種事情，你要復出演藝界會不會有困難……？」

「應該吧……那個混帳老闆八成會搬弄是非。搞到那種地步的話，別家經紀公司應該也不肯接納我了……」

「哎喲～～！……笨小晴！」

黑羽捶了我的胸口。

「笨蛋笨蛋笨蛋！明明好不容易又能站上舞台表演，你卻自己放手！」

黑羽眼裡盈上淚水。捶在胸口的每一拳都沒有多大力道，卻好像傳達出她的哀傷，讓我哽住喉嚨。

「呃，我自己很清楚就是了——」

但我還是不後悔。黑羽和她的父母受人侮辱……我就是不能原諒。非要對這件事情忍氣吞聲才能當藝人的話，恕我不吃這行飯。

黑羽用手帕擦了眼角以後，紅著臉含情脈脈地望著我。

「——不過，我覺得自己是小晴的青梅竹馬實在太好了。」

優等生黑羽講出了意料外的台詞，我不禁眨了眼睛。

「……咦？」

「父母受到揶揄，我真的沒辦法容忍。因為我不會再跟這種人有牽扯，要反擊的話就應該由我來才對。但是我並沒有傷害過別人，心裡就有猶豫，於是小晴幫我先出了一口氣。我覺得這樣的行為好傻，可是——我好高興。我想起小學的時候，自己吃不下營養午餐而被留下來，小晴就幫我偷偷吃掉的回憶了。」

哎～我記得幫忙吃營養午餐時，結果還是被發現，老師罵我別胡鬧。像剛才做那種事情也是我自找的，因此沒道理讓黑羽為此道謝……不過她的目光太燦爛，讓我亂害臊一把的。

我只能搔搔臉頰，叫黑羽別放在心上。

「……什麼事情鬧到要報警？小丸在裡面吧！出了什麼事！」

「呃……那個……我們經紀公司會向您好好解釋……」

「不用！我親自問他！」

走廊傳來這樣的交談聲，隨後董事長室的門就突然開了。

出現的是一名時尚貴氣的中年男性。

「噢噢！是小丸呢！好久不見了！還記得我嗎？是我，可知總一郎！」

啊～～好令人懷念。這個人是白草的父親，可知總一郎先生，製藥公司的董事長，曾是我演的連續劇的頭號贊助商。他從當時就非常中意我，對我賞識有加。

相較於瞬老闆的流裡流氣，這個人就是格調高尚的瀟灑中年。全身散發著簡約俐落的清潔感，卻又懂得用點睛式的穿搭展現出良好品味。彼此相隔六年沒見，他現在大概五十多歲了吧。氣質更加沉穩，可以感覺到堪稱紳士的風範。

總一郎先生看見我，就伸開雙臂抱了過來。

「哎呀～～你長大了呢！我就是想見你才忍不住走這一趟！記不記得我呢？還是自稱阿白的父親會比較讓你有印象？」

「是的，我記得很清楚。好久不見了。」

「爹、爹地……」

我覺得日本人要是稱父親為爹地，聽起來就不太協調，然而大概是因為白草的父親充滿時尚感，聽她叫爹地就十分合適。

玉樹臨風的總一郎先生發現女兒在場，因而睜圓眼睛。

「阿白為什麼會在這裡？」

「……我很介意小末會不會復出演藝界，就跟著他來了。」

「嗯……然後我記得這個女孩是志田黑羽……連真理愛小姐都在啊。」

「好久不見了。」

真理愛優雅地行禮。黑羽應該沒跟他見過面，但是也先鞠了躬。

「有這些人共聚一堂卻鬧到要報警……是怎麼回事呢？」

總一郎先生轉動目光，瞪向晚進董事長室的瞬老闆。

啊，我懂了。原來瞬老闆打電話要經紀公司報警時，總一郎先生正好到了。聽見有這種事讓總一郎先生震驚，就找到董事長室來了。狀況便是這樣吧。

「可知董事長，這些小孩肯定會串供主張自己無辜。警方會做查證，請不用替他們說情。」

唔哇～～這個人並不笨耶。他搶先封鎖我們的對策了。

「爹地……拜託你……聽我說！」

總一郎先生舉起手制止趕來身邊的女兒。

「瞬董事長，既然小女牽扯進這件事情，我並不算毫無關係。我倒覺得自己有權利先聽聽孩子們的說法喔。」

「……哎，聽一聽也還無妨。」

「阿白，無論有什麼狀況，爹地都願意站在妳這邊。不過在這種情況下，我希望能聽聽客觀的意見……對了，真理愛小姐，能不能請妳說明呢？如果其他人擔心她講的不夠完整，也歡迎補充。」

不愧是在一代之間將公司規模做起來的幹練老闆，狀況看得十分清楚。

白草失去了平常心。還有，我、黑羽、哲彥身為當事人，難免會變得情緒化，因此在這個時間點，最冷靜的無疑是真理愛。

沒有問過任何人，光看就能判斷出這些的洞察力。這一位似乎依舊值得信賴。

我放鬆了緊繃的肩膀。

看來把事情交給這一位判斷會比較好。光靠我們的話，難免會受到哲彥提出的主意引誘。將自己當成砧板上的魚，有話就老實講吧——我這麼心想。

…………

…………

……

「原來如此，是這麼一回事啊。」

面對面擺放的沙發上，其中一邊坐的是白草爸爸，另一邊則以真理愛為中心，左右兩旁坐著黑羽和白草。

我和哲彥也在真理愛她們這一邊，但是因為沒位置坐，只好站著觀望事態發展。

此外，瞬老闆是坐在董事長席，處於旁觀模式。他似乎是判斷與其胡亂插嘴使總一郎先生做出不利的心證，靜觀其變會比較好。

「我個人認為報警太過火了，這件事仍有酌情處理的餘地。不過呢，要說哪一方有錯，應該是不慎動粗的小丸和哲彥小弟這一邊。」

「不愧是可知董事長，斷事冷靜。」

可惡，這個混帳老闆真令人不爽。早知道先揍他一拳再說。

「呃，小晴是為了我動手的！所以不如把錯歸給我！」

黑羽的提議讓總一郎先生手托下巴，陷入思索。

「我懂妳的心情，但是問題不在那裡。其實妳也懂吧？」

沉著嗓音有讓人恢復清醒的效用。

黑羽咬緊嘴唇，點了點頭。

「爹地……無論法律怎麼說，我都會擁護小末。」

「……阿白。」

白草迅速起身，毅然說道。

「我敢篤定，小末做的事在為人之道上是正確的。誰規定能夠傷人的只有物理方面的接觸？言語也一樣夠銳利啊。這次最傷人的是那個董事長，無論法律要怎麼說，這一點在我心裡都不會改變。」

「小白……」

白草有氣節，即使性情膽小，她仍信奉自己的正義，更擁有貫徹理念的堅強心志。我就是受到她的骨氣和努力不懈這一面吸引，才會墜入情網。

白草的凜然臉龐美得足以讓我回想起初戀。

「那麼——」

真理愛大概是要讓討論告一段落，就在胸前拍了手合掌。

「將各位的意見總結起來，在心證方面是希望替末晴哥哥撐腰，並不想鬧到報警，所以最好是讓事情平穩地收場。我這樣說對嗎？」

大家默默點頭。包含總一郎先生在內，所有人意見一致。

「不過在瞬先生的立場，當然是無法接受。」

「這還用說？我可是受害者耶，受害者。」

嘖，這傢伙真會鬼扯。即使被我、哲彥、黑羽、白草……四個人瞪著，他也完全不怕。值得一誇的就只有臉皮夠厚這點。

而總一郎先生開口激了瞬老闆。

「應該就是這種講話方式讓孩子們對你產生反感吧。你不覺得自己在這些孩子面前少了大人風範嗎？」

瞬老闆只是嗤之以鼻。

「這聽來不像可知董事長會說的話。我講話再怎麼不入耳，仍是動粗的一方有錯，公理不辯自明。希望您要考慮到這些小孩為了自我辯護也可能撒謊。」

哲彥使勁握拳踏了一步，因此我和黑羽抓住他的手臂攔下他。

在這種局面下，真理愛眼裡含著笑。我以往見識過好幾次，那是真理愛將才華發揮無遺時會露出的表情。

「要不然，雙方就用廣告來比賽……好不好呢？」

嗯……？她說什麼……？用廣告來比賽……？

所有人都被毫無脈絡的一句話問倒了吧，現場出現奇妙的停頓。

真理愛一個轉身，朝瞬老闆投以微笑。

「瞬先生，您口口聲聲說著要報警，不過請試著稍微冷靜如何呢？受一時之氣迷惑可不行。報警的話，末晴哥哥就不會加入經紀公司。這樣做當然不會帶來任何利益，我倒覺得這也不符瞬先生的本意耶。」

「……原來如此，桃坂小妹說得有道理。向警方提報小丸也賺不到半毛錢。」

「但是末晴哥哥加入經紀公司的話，就能帶來莫大利益，對吧？」

「的確。」

瞬老闆開始思考。他的臉龐流露出濃厚的生意人色彩。

不愧是真理愛，頭腦冷靜。她靠利益得失讓雙方走入談判階段。

「人家有個主意。瞬先生和末晴哥哥可以用廣告來比賽，瞬先生贏的話，末晴哥哥就要加入經紀公司，並且履行瞬先生談來的工作，怎麼樣？對瞬先生而言，這種結果豈不是最理想？」

「嗯……原來如此。」

瞬老闆在腦袋裡打了許多盤算吧。他摸摸下巴的鬍子，用力點了頭。

「不錯喔～～桃坂小妹！妳果真會講話～～！這樣我也服氣！」

「但是末晴哥哥贏的話，就不能向警方報案，哲彥先生的事也要當作沒發生過。是否要加入經紀公司讓末晴哥哥決定，即使他沒有選擇這間經紀公司，仍然要包容他，也不去妨礙他跟別間經紀公司之間的契約或工作。這樣可不可以呢？」

「唔唔！」

瞬老闆遲疑了一瞬，但立刻就露出白花花的牙齒。

「可以啊～～可以啊～～ＯＫ。我答應喔。」

「伯伯，能不能請您作證呢？」

「當然可以。」

真理愛迅速把總一郎先生拉進來要求承諾的高明手腕實在可靠。

不過……這樣我就搞懂真理愛的用意了。

雙方再這麼爭下去都不會服氣。我們依舊對混帳老闆不爽，混帳老闆被紅酒淋頭也不會息事寧人。平行線，越爭只會越僵。

既然如此，乾脆弄個比賽分勝負，至少在做出了斷後能安撫到其中一方的情緒。

我們贏的話就可以讓瞬老闆跌破眼鏡，還能抹消之前發生的衝突。

瞬老闆贏的話就可以得到我，為經紀公司帶來利益。

起初聽真理愛提議時，我曾感到疑惑，但是並不壞，以賭局來講可以成立。

「末晴哥哥覺得如何呢？要不要比？」

「……好啊，比就比。」

我打從心裡對這個煩死人的老闆感到不爽，可是總不能出手扁他。

然而只要贏就可以讓對方乖乖服氣。活該，這種機會可不好找。當然要是輸掉，我就得替經紀公司做牛做馬，但也不至於要我的命吧。反正是抱著要贏的念頭才答應的，輸掉的後果等我輸了再來想就好。

剩下的問題是條件公不公平。感覺這個人會臉不紅氣不喘地使出骯髒手段，很可怕。

「那麼，既然雙方都表示同意，我做個確認……伯伯，您之前提到末晴哥哥如果復出，有支廣告想找他拍。就由經紀公司這邊和末晴哥哥那邊各拍一部成品交給您，請問可以嗎？」

「既然是這樣，我當然不介意。畢竟用這種形式也比較容易成為話題。」

啊～～我想起來了，瞬老闆剛才提過有個想找我拍廣告的贊助商會來見我……原來那就是總一郎先生。

「將拍好的廣告影片放上專設網站，供一般觀眾投票。得票數高的一方就獲勝，這樣安排如何？」

原來如此——當我這麼想的時候，黑羽就插話了。

「那小晴根本沒有勝算嘛，他一個人實在沒辦法跟你們比啊。妳八成是想讓小晴加入經紀公司才安排這種比賽，但是我可不會受騙。」

唔哇，黑羽和真理愛用眼神鬥得超激烈耶，怎麼搞的？

啊～～對喔，黑羽對真理愛一直存有戒心，認為「她想拉我進經紀公司」。所以說，黑羽現在也是把真理愛算成瞬老闆那邊的人。

不過因為有以往的交情，我覺得真理愛是偏向我這邊的。起初真理愛是來邀我加入經紀公司沒錯，事情卻攪和成這樣。當她提議拍廣告影片來分勝負時，不就有意站在我這邊了嗎？我是這麼想的。

但是真相如何呢？難道黑羽判斷的才對？倘若如此，真理愛就是偏向經紀公司那邊？嗯～～搞不懂。找個機會問問看好了。

「要參加比賽的也不是只有末晴哥哥一個人喔。在人家的設想中，黑羽小姐……妳也要參加拍攝。」

「……咦？」

黑羽大概完全沒想到廣告影片的比賽會扯到自己吧。她愣住了。

「剛才人家從哥哥那邊聽說嘍。『群青頻道』……據說是哲彥先生的主意。不錯啊，非常青春呢，讓人家有點嚮往。『群青頻道』的成員暫且可以稱為『群青同盟』吧。若是由這群班底來拍攝影片，想必會有一場精彩的比賽。」

黑羽警戒著問道：

「妳在開什麼玩笑？我們只是普通高中生喔，贏不過那些職業人士。」

「真的是這樣嗎？」

真理愛看了聚集在現場的所有人。

「人家敢保證末晴哥哥認真起來，就能拿出在演藝界達頂尖水準的吸引力。還有白草小姐，妳也是職業人士，而且妳對末晴哥哥有強烈的執著……對吧？」

白草一瞬間曾露出遲疑，結果還是坦然承認了。

「……是啊。」

「人家見識過許多從執著激發出來的驚人能力。所謂作品，感覺就是要由喜歡的人做自己喜歡的創作才比較容易成就好東西。白草小姐的執著與構想力——照人家猜想，只要將這兩者配合在一起，妳應該就能端出足以對抗職業人士的企劃吧？怎麼樣？由末晴哥哥主演自己構思的廣告……妳不覺得熱血沸騰嗎？」

白草悄悄地伸指梳了黑色秀髮。

「說來怕有得罪之處——但我不覺得自己會輸。」

白草既高貴又自信滿點，跟耍廢時有落差，使她的美麗與帥氣高了三倍。

「白草小妹，我有看見妳的活躍喔。」

「！」

瞬老闆忽然鎖定白草。

那應該讓人覺得相當噁心吧。白草打了冷顫。

「像妳這麼有才華的女孩，不適合待在那種只比社團活動強一點的地方。不嫌棄的話，要不要嘗試在我們經紀公司推出的廣告影片參與製作？這次的影片就照妳的企劃來拍攝。」

嘖，居然這麼快就來挖牆腳。缺了白草的企劃和腳本，我們在這場廣告比賽就沒有勝算──對方是如此判斷吧。而且這樣的判斷……恐怕沒有錯。

我感覺到形勢不利，但是連身為旁觀者的我也覺得瞬老闆的提議聽起來很誘人，一時間便想不出有什麼好處能留住白草。

此時為了幫我說話而上前的人──是哲彥。

「可知，就算站到經紀公司那一邊，妳也只會被當成嘍囉使喚喔。」

哲彥一面用目光威嚇瞬老闆，一面淡然說道：

「之前我也講過吧？在職業人士圍繞下，妳只算新手。那樣能讓妳滿足嗎？」

「這──」

「何況『群青同盟』有末晴在。能讓妳實現夢想的──是我們這一邊。」

「………」

有短暫的空檔，但是白草並沒有煩惱多久就做出決定了。

「我會站在小末這邊。雖然感覺像是受到甲斐同學慫恿，讓人不舒坦，但甲斐同學說的是事實，而且那個人——讓我沒什麼好感。」

那個人當然就是指瞬老闆。

瞬老闆露出自信笑容，還威脅：「妳可別後悔。」白草卻高高仰起筆挺的鼻子，無視對方。

「伯伯，既然要比賽，廣告影片的製作經費就對半分給兩邊陣營，這樣可以吧？」

「……也對，這樣才公平。」

「專設網站等項目應該也是由伯伯派人製作比較好，畢竟說起來您就是裁判。」

「當然了，我來張羅吧。」

「另外，由於我們經紀公司從相關知識到財力都占盡優勢——比賽就定在一週之後。投票時間設為九月三十日（六）～十月二日（一）的三天期間……這樣安排如何？製作時間短的話，經紀公司這邊就召集不到製作班底，條件上應該算勢均力敵。」

原來如此，這樣的拍攝日程有違常理。但就是因為太過違背常理，經紀公司跟高中生之間的差距便能縮小——我明白真理愛的意思了。假如經紀公司跟當紅偶像或者知名廣告製作人敲好了行程，我們這邊的勝算就會相對減少。

「末晴哥哥他們需要的攝影師、剪輯人員等可以麻煩伯伯幫忙找嗎？」

「好啊，我多少有人脈可用。這點忙不幫的話，雙方實在沒辦法比賽吧。」

「感謝您。」

不愧是真理愛，連需要協調才可以比賽的細節都有替我們取得平衡。雖然她似乎有什麼盤算，卻可以感受到對於公平的講究。不過我還是先確認真理愛的立場好了。

「重要的是，小桃，妳站在哪一邊？妳願意在我們拍的廣告演出吧？」

「咦？人家不會喔。」

哥哥說這什麼傻話呢？她的語氣彷彿在這麼問。

「欸？咦！妳說啥！坦白講，我超指望妳的知名度耶！」

「小晴……」

「小末……」

黑羽和白草的目光又變得冰冷了。這是怎樣，成為固定套路了嗎？

「呃，聽我說啦！小桃相當於我的親人，不管怎麼想都是偏向我們這邊的吧？」

「人家想要展現這六年來的成長——所以打算在瞬先生這邊擔任主演。」

「不不不，妳那種打鬥類漫畫才有的調調真的不需要啦！我的人生就賭在這上面了，拜託妳收手。」

我立刻下跪。

「末晴～～沒有人這樣的啦～～一路談到現在，沒有人會想看你下跪啦～～」

「混帳！小桃跟我們敵對的話，勝率會下滑一大截吧！現在就算用哀求或任何方式都好，請她幫忙拉一把才對啦！這個女生可是超會演戲，而且又有人氣耶！」

「你說的是沒錯，但是以情境來說就不太合啊～」

「末晴哥哥……」

真理愛蹲下來溫柔地握住我的手，扶我站起來。

「——人家會竭盡全力的♡」

「欸，聽我講話啦！」

「像這樣可以嗎，瞬先生？」

真理愛回過頭，瞬老闆就滿意似的點了頭。

「唉，不關照他們一下，比賽應該也無法成立。條件是不壞。」

總覺得有玄機耶。我倒不認為真理愛是會效忠於老闆的類型……

（——我懂了！）

真理愛是在向我求救。既然如此，局面演變成這樣——可見她有什麼把柄握在瞬老闆手上，所以她脫離不了經紀公司的陣營，她非得用全力對抗我們。

這項提議本身就是真理愛在向我伸手求援。

她希望我打垮瞬老闆，藉此自己也能跟著得救。

儘管真理愛有隱情不能說出口，她仍然希望我察覺。狀況就是這樣。

我理解後在真理愛耳邊細語：

「小桃，不用加一條在我們獲勝以後就讓妳退出經紀公司的條件嗎？」

「末晴哥哥……」

「……讓妳留在那種人身邊，我會擔心耶。」

「……謝謝你，末晴哥哥，人家之後會再偷加一條離開經紀公司的條件。不要緊，人家一定會說服瞬先生的。」

好，這樣真理愛也能跟著得救。接下來——只剩贏得比賽而已。

「——那個……」

白草舉起手，真理愛就伸出手心催促她發言。

「我想將詳細的條件列出來……但是在那之前，我有一件事想先確認。」

「是什麼事呢？」

「假設廣告是由桃坂小姐主演，在影片公開前……舉例來說，要是經紀公司開了直播節目做宣傳，對我們這邊就大為不利了。」

「……原來如此。那麼，這場廣告比賽並沒有要妨礙演出者的工作，但禁止在工作上宣傳這次的廣告影片……這樣可以嗎，瞬先生？」

「我想可以吧。」

「白草小姐呢？」

「好的，就這麼決定。」

「說定嘍。」

白草將食指湊到嘴脣，思索著什麼。不愧是小說家，那副模樣知性又美如畫。

真理愛歇了一口氣，然後環顧在場所有人。

「那麼，大家就此解散吧。列好的條件清單我會在之後寄給末晴哥哥或哲彥先生。今天謝謝各位了。」

於赫迪經紀公司的協商就這麼宣告結束。

＊

「……所以嘍，由演藝同好會改組的『群青同盟』，要召開第一次圓桌會議。」

隔天週日。哲彥朝著一大早在我家集合的眾成員開口宣布。

客廳裡籠罩著緊張情緒，其他與會者有黑羽和白草，總計四個人開始了這場會議。

哲彥是以司儀身分來主持討論。

「然後呢，這是真理愛寄給我的正式條件。我列印好帶來了，你們各自看一下。」

兩張Ａ４紙上頭印滿密密麻麻的字。

我立刻沒心情看了。

這跟契約書之類的一樣，在開始讀的瞬間就會想睡。

「內容怎麼樣，哲彥？除了小桃昨天講過的條件，有沒有亂加什麼條件？」

「沒有。真理愛實在是厲害，你可以當成昨天講過的條件都原模原樣列在這上面。除此以外大致就是場面話，還有用來防範舞弊的條件。」

換成瞬老闆倒難說，不過我想真理愛是想堂堂正正地比賽，她肯定也會顧及契約內容吧。既然哲彥檢查過沒問題，我自然不可能有異議。

「要行銷的是這次預定上市的運動飲料。可知的老爸提到了『因為想賣給年輕人，就走青春路線』這一點。記得可知有帶樣品過來吧？」

「在這裡。」

白草從手提袋拿出四瓶沒看過的運動飲料擺上桌。

黑羽拿起其中一瓶，邊看邊嘀咕：

「所以說，要怎麼辦呢？我已經向社團報備要請一整週的假，準備全力配合就是了……」

被問到「要怎麼辦呢？」，我也不知道如何是好……這就是我老實的感想。我的拚勁比別人高三倍，卻拿不出構想。

「哲彥，你的想法是？」

「還不如問問白草的想法。」

大家的目光聚集到白草身上，白草本人卻沒有在聽我們講話。

「……嗯，這樣的話…………好，行得通……也對，不會有問題。這樣我們贏得了……」

她一面看著像契約書的條件清單，一面喃喃自語。

在喃喃自語的內容中，我沒有聽漏令人介意的字眼。

「小白，我們贏得了嗎……？」

當我這麼問的瞬間，白草就把紙丟到桌上。

大大的一聲「磅」，將現場開始瀰漫的烏雲盡掃而空。

白草站起身，朝坐在餐桌邊的我露出自信笑容。

「——贏得了啊。」

咦，當真？我一瞬間曾覺得懷疑，但是白草的雙眼充滿了霸氣與把握。

可靠的程度讓我內心的不安瞬間消融。

「是嗎？那我們贏定了吧——」

話說完，我也對白草笑了。

我跟白草相視而笑，心情樂得不得了。

「呃，小晴……可知同學就算了，但你絕對沒想通吧？」

「噓！志田，末晴最喜歡那種中二病的感覺啦。放著他別管就好。」

「嗯，我當然曉得啊……可是看了實在很難為情。」

「他剛才的笑容，我已經拍照存證了，先發到推特吧，附上台詞。」

「混帳東西～～～！哲彥～～～～！你敢那麼做就死定啦～～～！」

被他那樣一搞，我不就別活了嗎～～～！

「咯咯咯——————！你能拿我怎樣就試試看啊～～～～！」

「你們都閉嘴！」

有勁的嗓音制止我跟哲彥胡鬧。白草雙手扠腰，望向我們。

「沒時間了，聽我說明計畫，然後你們要採取行動實踐。只要我的計畫能夠實現——我們就不會輸。」

我和哲彥放下舉起的拳頭，黑羽則是點了頭。

——來拚吧，而且我們要贏。

我嘀咕以後，所有人都默默聚集到白草身邊。

我明白。

本性膽小的她把話說到這個分上了，因此她說的不會錯。

我們聽完白草的計畫便開始行動。

開始散發秋意的高中二年級九月底。

賭上我們青春的一戰開始了。

第四章　最後笑的人

＊

九月三十日，星期六。廣告比賽開始的日子，影片公開的頭一天。

「那麼——」

兩年前買下的位於目黑區的高級公寓頂樓。

真理愛跟從餐廳打工回來的姊姊吃了較遲的晚餐，洗過澡後就在客廳打開筆記型電腦。

「哎呀呀，怎麼了嗎，真理愛？把電腦帶來這裡。」

「我想跟姊姊一起看末晴哥哥拍的廣告。」

「嗯？末晴小弟的那支廣告，妳還沒看啊？」

「姊姊之前也說想看吧？難得有機會，我想一起看，就先把樂趣保留起來了。」

「哦……真是有心，不過這樣好嗎？」

「有哪裡不好？」

「妳重新迷上末晴小弟的模樣會被我看見喔，我會大量拍照喔。」

「……姊姊，妳的個性好惡劣。」

「呵呵，妳現在才發現啊？太晚了喔。」

「哼。」

「真是的～還跟我鬧脾氣……真理愛好可愛喔！」

真理愛別過臉，繪里就用豐滿的胸脯貼上去摟住她。

現在繪里二十三歲，身分是大學生。

真理愛的收入急遽增加後就對姊姊表示：「生活已經沒問題了，希望妳過自己想要的人生。」繪里則感謝她的好意，也欣然接收金援，並且通過了大學檢定測驗。去年，她已考進東京六大學之一。

真理愛有存款，也希望姊姊至少在大學生活的期間可以放輕鬆，繪里卻找了打工賺錢，還說「連她自己都覺得這算勞碌成性」。

『即使妹妹的事業大獲成功，也不等於自己成功了，目前只是在依靠金援。』

繪里如此道來。

而真理愛打從心裡尊敬這樣的姊姊。

明明妹妹大獲成功，繪里即使不工作也衣食無虞，卻還願意重拾學業，這並不是容易辦到的事情。由於父母都愛財如命，真理愛看著他們盡想從別人身上多撈一點錢的模樣長大，才明白姊姊的真誠與守正不移有多麼寶貴。正因為有這樣的姊姊，她才覺得出多少錢援助都無妨。能活到現在是拜姊姊所賜。為了姊姊的話，就算變成惡魔也無妨。

真理愛在心裡如此發誓。

「那麼，先讓我看真理愛拍的廣告好了～～」

繪里從背後壓上來──換句話說，胸部的重量全壓了過來，其實讓真理愛對姊姊跟自己的胸圍差距湧上了自卑感，可是做任何反應都會被黏人模式的姊姊消遣，因此她不做無謂抵抗，只顧前往專設網頁。

「哦～～兩邊影片的播放畫面被排在一起啊。」

「網頁是設計成兩部影片都不能跳過。而且，只有把兩部影片都看完才能到投票頁面。」

「原來如此，為了防止灌票。」

「嗯。」

「啊，可以看見目前的投票數嗎？嗯～～差距滿大的耶。」

現在是晚上十一點，從投票開始過了二十三小時。至於投票數，經紀公司陣營約五萬兩千票，群青頻道陣營約三萬四千票。

「公開投票數是末晴哥哥那邊提出的條件。」

恐怕是哲彥提議的吧──真理愛猜想。

對方應該是認為瞬老闆會不擇手段。要是動用駭客技術竄改得票數，無論怎麼做都不可能贏。此外還可以買通計票人員，要舞弊方法多得是。肯定是因為公開得票數就能屏除這方面的大多數問題，對方才如此提議。

「哎，雖然人家和伯伯都會防止作弊就是了。」

真理愛想要的是公平競爭，所以她也跟瞬老闆聲明過，有人作弊的話，她絕對不會罷休。

末晴似乎對真理愛有誤會，但她根本沒有欠瞬老闆什麼。雙方只是生意夥伴，屬於有話直說的相處關係。

只是她跟瞬老闆其實合不來——真理愛有這種感覺。

瞬老闆太講究合理性。說得更直接一點，就是他「缺乏對演員的尊重以及對工作的美學」。

真理愛會留在經紀公司，是因為出手提拔她的妮娜奶奶對她有恩，而且她們之間有著許多回憶，還有就是末晴要復出——有這個可能性。

因此真理愛並不執著於廣告比賽的輸贏。

只不過——

是的，只不過她對末晴的演技有興趣，她想見識他的全力，所以她拍廣告完全沒放水。

假如經紀公司贏，末晴會回到經紀公司，他們又能一起表演。ＯＫ的。

假如末晴贏，末晴會回到學校或者去別的經紀公司吧。屆時自己也會離開赫迪經紀公司，跟著去就行了。OK的。

換句話說，輸或贏對真理愛都不吃虧。

只是——她害怕，怕自己或許會對末晴感到失望。

真理愛會等著跟姊姊一起看也是為了在末晴的演技讓她期望落空時，有人能陪伴受到刺激的她。她就是這麼害怕。

「來吧，真理愛，按播放。」

「啊，好的。」

真理愛右肩感受著姊姊下巴的觸感，點擊了滑鼠左鍵。

＊＊＊＊＊

『——戀愛的季節到了。』

清澄無垠的藍天，由紅葉點綴的露營區裡，有兩男兩女的團體在嬉鬧。

單車旅行、賞楓、釣魚。四個人享受著青春。

鏡頭是從真理愛的視角來描述。真理愛默默望著團體內的某個男子。

那個男的是當紅的年輕演員，在連續劇《理想之妹》中飾演真理愛的哥哥——也就是擔任主角。

晚上辦了烤肉活動，之後四個人準備各自回去小木屋，真理愛凝望的男子在跟別的女人親密聊天，她沒辦法搭話；還有另一個男子看著這樣的真理愛。

回到小木屋的真理愛將運動飲料一飲而盡。心悸卻停不了。

這時候，傳來了敲門聲。

「來了。」

打開門以後，真理愛凝望的男子拿著運動飲料站在那裡。

「因為我看妳好像有話想說。」

「……嗯。」

男子進了真理愛的小木屋。

『滋潤戀愛與青春——「水洋洋」運動飲料。』

＊＊＊＊＊

影片結束後，繪里就笑吟吟地戳了戳真理愛的臉頰。

「哦～～哦～～」

「……姊姊，妳想說什麼嘛。」

「家有妹妹初長成……是不是？居然跟那種帥哥演出讓人遐想的一幕……之後發生什麼了嗎！說啊說啊！」

姊姊有時候會有點煩人。像這種時候，真理愛都是一臉敗興地帶過去。

「我覺得真虧經紀公司在那種急就章的行程安排下，還能請來那麼紅的演員。考慮到影片的製作時間之短，就更是驚人。唉，感覺瞬先生八成是不計成本硬拍的。」

「攝影是在什麼地方？」

「北海道。實在太倉促了……同樣的行程再來一次我就不接了。」

「唉～戀愛實境秀風格嗎～即使知道在演戲還是會緊張呢～」

「……嗯，就是啊。」

面對青春這樣的主題，真理愛覺得內容非常中規中矩。

這肯定是來自實力高過對手的自信。動用當紅演員，拍攝賞心悅目的影像。做得到這些就不必取巧。直截了當，簡單明瞭，彷彿透露出這就是王者的戰法。

真理愛認為自己萬一處在瞬老闆的立場，應該也會做同樣的事。占優勢的話，正面對決就不會失敗。

「好啦，下一部，下一部！真理愛，來看妳心愛的末晴哥哥拍了什麼影片！」

「什麼叫我心愛的……」

對啦，是那樣沒錯，不過被姊姊一說實在很難為情。

當真理愛搓著指頭表示害羞時，繪里就抱了過來。

「啊～連我都覺得自己的妹妹好可愛喔～～！摸摸～～！」

糟糕，姊姊好煩。

真理愛想擺脫這種煩躁，就點了末晴的影片。

＊＊＊＊＊

場景是高中教室。

末晴趴在桌上，哲彥低頭看著他那模樣。

「唉～～好無聊。」

「喂喂喂，末晴，你白痴嗎？人生只有一次，學生生活也只有一次吧？怎麼可以不開心？」

「也對啦……可是要怎麼開心？」

「不開心的話，就讓自己開心啊。」

「……說得沒錯。」

兩人跑了起來。

接著整個畫面以書法風格的字體秀出特大號字幕。

——【群青同盟】。

兩人向佇立於圖書館的白草拚命訴說。起初都不被理睬，但白草逐漸被他們的熱情打動，變成了夥伴。

『——所謂群青同盟……』

黑羽在打羽毛球。哲彥用手肘頂了頂末晴，要他過去。末晴害羞地走向黑羽，大聲喊了些什麼。

黑羽面紅耳赤，周圍吵嚷起來。末晴羞得拔腿就逃，從黑羽的嘴型看得出她嘀咕了一句「笨蛋」。

『——就是一群想著要開心的人所組成的同盟。』

畫面轉暗，影像帶到體育館內的社辦，桌上擺著飲料跟零食。

「呀呵～～！終於爭取到社辦嘍～～！」

「欸，小末！你鬧過頭了～～！」

「哎喲～～！小晴就會讓人操心。」

哲彥發表宣言。

「我們『群青同盟』從此時此刻起，宣布要創設『群青頻道』。」

哲彥拿的筆記型電腦螢幕顯示著We Tube上的「群青頻道」。

末晴將拳頭高舉向天。

「我們要讓全世界知道，我們是世界上過得最開心的人！」

於是四個人拿了運動飲料乾杯。

「「「「唔唔唔唔～～呀呵～～～～～～！」」」」

四個人各自活力充沛地跳了起來。

『青春，要過得開心──「水洋洋」。』

*****

影片結束。

真理愛在內心整理了自己的情緒。

……原來如此，這樣啊。走這種路線嗎？

震撼……比想像中還小。太好了，「她並沒有感到失望」。

真理愛偷偷嘆氣以後，繪里就笑吟吟地把臉貼過來。

「哈～之前流出的影片看不太清楚，不過，末晴小弟長大後滿不賴的嘛。那種青澀又不世故的感覺，得分很高喔～雖然看起來笨笨的就是了。」

「……果然姊姊也這麼認為？」

「嗯？這麼認為，是不好的嗎？」

「沒有，倒不是說哪裡不好……」

真理愛把體會到的感受在腦裡轉換成邏輯性言語。

「人家也這麼覺得，可是因為從以前就認識末晴哥哥，難免會把焦點擺在他身上。就這方面來說，雖然有四個人參與演出，看起來卻不夠協調。坦白講，末晴哥哥的吸睛程度高得讓人看不見其他成員。該說是末晴哥哥的演技或丰采所致吧，這些當然都是原因，還有他那種笨笨的開心果形象鮮明，應該也是吸引目光的理由。」

「啊～也對，確實是這樣。或許多看幾次就不同，可是我對其他三個人沒印象。」

「內容和意圖都能理解。他們把重心完全放在男女共度的青春，而不是戀愛方面。這種做法，我個人覺得算是略為稀奇的路線，講青春而不著重於戀愛，大多會把成員都安排成同性。比如以高中女校為舞台，參演者全部安排偶像，這樣要鎖定客層比較容易。將男女生混在一起的話，感覺用一個班級或一所學校來包裝的做法會比較普遍。從這方面來說，影片拍得有點特殊，『給人相當真實的高中生感』。」

繪里發出了「喔～～」的感嘆。

「原來如此～高中男女湊在一起，難免就會走戀愛路線呢。」

「所以我覺得這段影片有打中觀眾的興趣，對末晴哥哥他們之後要開設的『群青頻道』來說，這可以當作成立儀式的影片，也能宣傳到自己要推廣的題材。『群青頻道』的知名度會藉此一舉上升，非常好理解意圖在哪裡。不過——」

「不過？」

「相對地，『內容就偏掉了』。」

說穿了，就是情報量過多。雖然能理解影片有意釋出「群青頻道」的相關資訊，但最主要的目標仍是「替運動飲料打廣告」。拍成這樣，即使被質疑「這是群青頻道的廣告嗎？」也怪不得別人。

或許這是白草害的——真理愛心想。

情報過多或許是小說家的通病。拍廣告應該盡量將資訊減少——想表達的訊息最好過濾到只剩一項，台詞也要少，靠形象來灌輸觀眾。

感覺點子和意圖是有趣的，但是不夠洗鍊。

「難道我太高估她了嗎……」

真理愛在口中嘀咕。

「——然後，再提到末晴小弟。」

姊姊的聲音讓真理愛抬起了臉。

「他最後的笑容，是代表什麼啊……？」

沒錯，真理愛唯一掛懷的也是這一點。

比較過影片成品就知道，這場比賽是由經紀公司陣營獲勝。即使不特別做些什麼，也能拉開一定的差距獲勝才對。

但是群青頻道陣營那邊卻在影片最後留下了一股懸念。當大家喝完運動飲料離開房間之際，鏡頭給最後留在房間的末晴一個嘴邊的特寫。

那是一副——「非常吊人胃口的笑容」。

沒錯，應該說那看起來像在打壞主意，跟從頭到尾都在耍笨的末晴並不搭調。總之就是和末晴之前的形象完全不符，令人感到不可思議的笑容。跟獨特魅力發揮出的演技配合在一起，莫名地縈繞於觀眾的腦海裡，揮之不去。

想用形象落差帶來衝擊嗎？即使如此，感覺也不是為了取勝而安排的。

「讓人有點在意呢……」

「就是啊～～」

不過無論如何，靠一張笑容就如此令人留下印象的末晴值得注目。應該說，真不是蓋的，跟同齡演員相比果真高出一截。當然真理愛還是有自信，自己也絕不遜色。

手機在這時候響了。來電的人是瞬老闆。

『桃坂小妹，今天的攝影辛苦妳啦。差不多歇口氣了吧？』

「是啊，我正在家裡休息。」

『那妳看過廣告了嗎？』

「剛好才看完而已。」

『坦白說，是我們大贏一場吧？』

「……就是啊。」

末晴的笑容固然令人在意，但那不足以構成反敗為勝的要素。實際上，經紀公司在得票數就拉開了一．五倍的差距而占有優勢。完成度要屬經紀公司這邊較為突出，因此這是合情合理的結果。

『雖然是讓人不爽的小鬼頭，但是現在的小丸依然看得出手采。桃坂小妹，小丸就交給妳來管，可以吧？』

「我曉得。」

對瞬老闆來說，得到末晴是規劃好的事。他似乎比較擔心之後是否能掌控他。

對真理愛而言，重要的是末晴能不能活躍，阻礙末晴的東西要全部剷除。跟瞬老闆起爭執的話，就由她調解。她希望這次可以用自己的實績替末晴多攬下幾項工作，讓他充分活躍，這樣才算是報恩——真理愛如此心想。

「人家是由衷祈望末晴哥哥活躍，因此只會盡力讓他多工作而已。」

『……那就好。』

電話掛斷了。瞬老闆依舊只顧自己想說的。

「真理愛，妳不投票嗎？」

「……姊姊覺得投哪邊好？」

「我可以隨意投嗎？」

「嗯，不用偏袒人家喔。」

於是繪里爽快地說：

「那我想投給末晴小弟。我還想多看看那些孩子。」

真理愛瞪圓了眼睛。

「有點意外呢……」

「會嗎？畢竟妳這邊拍的廣告看起來就是尋常無奇，滿普通的嘛。戀愛題材看了雖然會心動，卻太中規中矩了。反正除了妳以外，我對其他演員也沒有放感情。我想看那些真實的高中生在今後會做什麼，才打算投一票支持他們。」

原來如此，也有觀眾會這麼想啊。在年長者眼裡，高中男女生不亂談戀愛的青春或許才是好看又令人想支持的吧。

這正是他們所求的？可是這樣就偏離了迎合年輕人的主題。實際上票數是有差距，雖然能理解意圖，成效卻平平。

那麼……真的這樣就結束了……？經紀公司獲勝……？

末晴在廣告最後的笑容縈繞於腦海裡。

真理愛緩緩拿出手機，撥了電話。

『噢～～！怎麼了嗎，小桃？』

末晴立刻接起來。

只不過……感覺他後頭吵吵鬧鬧的，好像有很多人，但聽起來跟在大街上不同。

「末晴哥哥，你現在人在哪裡？」

『我嗎？呵呵呵～～這是祕密。』

故弄玄虛的語氣並不符合末晴的作風，跟他在影片裡那副吊人胃口的笑容重疊在一塊，勾起了興趣。

「哥哥在做什麼？跟廣告有關係嗎？」

『喂～～末晴！他們說都準備好嘍！』

從後頭傳來的是哲彥的聲音。

……準備？這種吵雜的環境……該不會是在攝影？明明廣告影片早就公開了？

『不好意思，小桃，我這裡有點忙，先掛斷嘍。』

「──末晴哥哥！」

彷彿要伸手把人拉住的真理愛問道：

「廣告，你看過了嗎？人家演得怎麼樣？」

末晴似乎微微地笑了笑。從手機另一頭立刻傳來開朗的回話聲。

『妳成為好演員了喔～～看到妳這樣，我也不能輸啦。』

「……哥哥還沒有認輸嗎？」

『這還用問。我會讓妳見識──自己目前的「全力」。』

然後，電話就突然掛斷了。再打過去，對方已經關機。

──比賽還沒有結束，末晴哥哥仍在做些什麼。

心跳怦然加速。

沒錯。末晴哥哥是教了我全力以赴有多重要的人，他不可能只拿出那段影片就交差了事。

初戀時感受到的悸動朝胸口來襲。

燦爛耀眼的光輝從眼前晃過。

——啊啊，末晴哥哥他回來了。

*

「喂，末晴，你可不要因為真理愛打電話來就差點把祕密洩漏出去！」

哲彥搶走了我的手機，關掉電源。雖然我辯稱自己沒那種意思，哲彥卻只是隨便應了幾聲敷衍過去。

他把我的手機扔了回來。

「迷幻蛇樂團的阿真先生要我傳話給你，說是從時間來看不一次殺青就糟嘍。」

「我想也是～～很好啊，鬥志都上來啦。」

「……看你的眼神，已經切換開關了嘛。」

正是如此，我已經切換第一階段的開關了。現在的我是英雄，腦海裡有火花迸散。這樣一來，我便無所畏懼。

「丸先生，輪你上場了！請入鏡！」

「好。」

被叫到的我起身以後，突然感到一陣目眩。

「啊……」

「危險，小晴！」

黑羽連忙攙住我。多虧如此，我才免於跌倒。

「小晴，沒事吧……！欸，我現在就去拿果凍過來，你多少吃一點吧。像這樣節制飲食實在太過火了……」

肚子確實是餓了。這一週以來我完全斷絕碳水化合物，其他東西也盡可能不吃。剛才照鏡子就發現眼睛滿布血絲，臉頰消瘦，完全是危險分子。

不過，這樣正好。我現在完全投入於角色之中。做到這一步，應該可以說是盡了全力。

「謝啦，小黑。但是不要緊，拍攝完我就會大吃一頓。」

「……哎喲～～！拿你沒辦法。」

黑羽的「哎喲～～！」出現了，這表示她願意接受。

我再次邁出步伐，腳步卻還是有些不穩，於是背後被人使勁拍了一下。

「好痛！喂，哲彥！你幹嘛！」

「接下來就要把事情搞定，你這樣走路不行啦。我是覺得你鬥志不夠才拍的。」

「嘖，你說得對啦，混帳。」

「拜託你嘍。」

「包在我身上。」

疼痛使我提起勁，讓不穩的腳步變回正常。我帶著恢復鬥志的步伐抵達「舞台」中央。

大樓樓頂。平時只是混凝土裸露在外的空蕩場所，現在在燈光照射下變成了一座「舞台」。

氣氛緊繃。所有工作人員都明白，這必須一鏡搞定。不容失敗，鬥志與擔憂蘊藏於所有人全身。

「……小末。」

站在我面前的是白草。她第一次挑戰演戲，卻比預料中還要有模有樣。

「小白，沒問題吧？會不會緊張？」

「緊張是有……不過我更覺得興奮。我作夢都沒想過居然能跟小末合演。」

「是嗎？」

導演對我們打信號。

一鏡搞定。我不想留下懊悔。

所以要拿出全力，將自己所能都發揮在這一瞬間。

如此心想的我按下了內心的開關，完成二段變身。

於是，我成了另一個人。

＊

雙方頭一天的得票數曾有拉鋸，但經紀公司陣營仍舊大勝。

而第二天差距進一步拉開，得票數差了一倍以上。

賽況開始瀰漫一邊倒的氣氛後，來到十月二日星期一——三天投票期間的最終日。那項消息傳進了真理愛耳裡。

「為您播報迷幻蛇樂團在新曲宣傳片和小丸睽違六年攜手演出的新聞！」

那天，跟姊姊一起看著晨間新聞的真理愛聽見這句話，舀起優格的手就定住了。

「迷幻蛇樂團於今日公開了新曲《猝睡症》，現已得知音樂宣傳片是由小丸主演！目前，小丸正在進行運動飲料『水洋洋』的廣告比賽，而參演廣告的『群青同盟』成員也在音樂宣傳片中全體出動。身為小說家的可知白草小姐，還有跟小丸是青梅竹馬的志田黑羽小姐所發揮的演技都備受矚目。」

「咦！真理愛，妳曉得這件事嗎？」

「……不曉得。」

但是她很快就懂了。兩天前，末晴正是在拍攝這部片。

真理愛立刻試著在網路收集資訊。曾引發社會現象的搭檔攜手演出有足夠話題性，成了新聞網站的置頂頭條。

「這樣做，算是在其他工作宣傳廣告——」

她腦中閃過這種念頭，卻頓時又想起了跟白草之間的對話。

『假設廣告是由桃坂小姐主演，在影片公開前……舉例來說，要是經紀公司開了直播節目做宣傳，對我們這邊就大為不利了。』

『……原來如此。那麼，這場廣告比賽並沒有要妨礙演出者的工作，但禁止在工作上宣傳這次的廣告影片……這樣可以嗎，瞬先生？』

……原來如此。之前有講好「這場廣告比賽並沒有要妨礙演出者的工作」。

對末晴這邊的群青同盟成員來說，他們只是在從事音樂宣傳片的拍攝工作，並沒有宣傳到廣告，是媒體自己把兩者一併拿出來提而已。

「白草小姐當時就規劃好要讓事情這樣發展……」

既然如此，內容便格外令人感到好奇。查過就知道，那首新歌的宣傳片已經上傳到ＷｅＴ

ube了。

「真理愛，總之先看看吧。」

「嗯，姊姊。」

然後真理愛就按下音樂宣傳片的播放鍵。

＊＊＊＊＊

宣傳片一開始就是末晴的笑容特寫。這明確強調了內容是從廣告延續下去的。

末晴一方面過著青春洋溢的生活，一方面卻也受到睡眠障礙的折磨。他在半夜忽然醒來之際，偶然從網路得知關於刀子的都市傳說。網上有寫到那把特殊的刀會發出聲音，誘發持有者的殺人衝動。

末晴在白天都會受到強烈睡意侵襲，現實和妄想的界線逐漸模糊。

某天，飽受白日夢折磨的末晴撿了一把折疊刀。那正是都市傳說中的刀。

『嘲弄的聲音不知從何傳來　血味瀰漫四周　我的心疲憊沉淪——』

歌聲和歌詞逐漸與末晴身上發生的異變相連結。

察覺有異的黑羽來到末晴家。

末晴將擔心他的青梅竹馬——殘忍地殺害了。

『我在做些什麼　我該去向何方　耳裡只聽見　非殺不可——』

接著來到家裡的是朋友哲彥。

末晴邀哲彥進屋內，讓他看了黑羽的屍體。

對屍體感到驚愕的哲彥有可乘之機，末晴便拿刀子捅向他。

末晴衝出了家，瘋狂逐步加速。

另一方面，從警方那邊得知末晴行凶的女友白草則對刀展開了調查。而且她將調查結果寫成信，收在懷裡，到處尋找末晴的蹤跡。

兩人於夜晚的街上再次相見。那裡是他們倆在回憶中仰望星空的大樓樓頂。

白草流淚，並對末晴訴說。似乎是拜此所賜，末晴眼裡恢復光彩。

白草露出笑容，跑到他身邊。然而——

末晴拿刀捅了白草的心臟，當中毫無猶豫或躊躇。末晴打從心裡享受刺殺女友的凶殘行為。

信紙從絕命的白草身上掉落。末晴不以為意地把信拿到手裡，讀了起來。

信裡寫到白草追查過末晴撿到的刀以後，發現那只是一把平凡無奇的折疊刀，刀偶然掉在路上罷了。不過那導致都市傳說與白日夢相互混合，讓末晴陷入瘋狂。這是疾病、都市傳說與偶然三者湊齊所造成的不幸……信裡淡然地這麼寫著。

沒錯，一切都是伴隨睡眠障礙（猝睡症）而來的妄想。

『啊啊啊啊啊啊啊啊啊啊啊啊啊啊啊啊啊——！』

在樂曲結束後的寂靜中……末晴放聲尖叫，站到大樓邊緣。

然後他一度回過頭——

『對不起。』

向女友白草謝罪以後，就縱身跳下大樓。

＊＊＊＊＊

「這……」

真理愛顫抖不停。

以瘋狂點綴的劇情——末晴演得淋漓盡致。

「這個人，真的是末晴小弟……？」

繪里如此嘀咕。

「根本不一樣嘛……明明在廣告裡，末晴小弟的形象都笨笨的，卻還能演好這樣的角色……感覺好恐怖，可是又讓人興奮得頭皮發麻。那個男生，之前有這麼帥……？看起來莫名性感又令人心動呢。」

真理愛看完宣傳片以後，第一個念頭是「對方明白」。

末晴能演好任何角色，但他最大的長處在於「烘托出落差」。

於出道作《Child Star》飾演不中用的少年，卻展露出逐漸成長的一面，到最後變得帥氣而大受歡迎。

末晴在廣告裡貫徹了耍笨的形象，然後，在音樂宣傳片中就直接轉變成殺人狂。這種落差——有驚人之處。

「白草小姐……妳很有一手呢。」

對末晴的執著果真不假。沒錯，「她都明白」。

這麼一來，廣告的意義也會顯得不同。那是跟音樂宣傳片配合才會有的產物，所以就算情報過多也不成問題。反正音樂宣傳片造成話題後，媒體就會幫忙解說。因此情報即使過多，觀眾在這種機制下也能立刻吸收。

看了這部音樂宣傳片，肯定會想再看一次廣告吧。然後看見同盟成員們青春的模樣就會感到安心，並希望他們的關係就這麼維持下去。自然而然。

現在是十月二日的上午八點，離投票結束剩十六小時——這樣的話，經紀公司已經沒有時間祭出新手段。

「真理愛，妳的手機在響耶。」

瞬老闆來電。真理愛嫌麻煩，便把手機甩到沙發上。

「這樣好嗎？」

「…………」

「真理愛？」

「……對不起，姊姊。讓我專心一下。」

心跳的速度慢不了。真理愛想保有這種心情，盡早重看一遍影片。

音樂宣傳片播放出來。

節奏激烈的鼓、吉他、貝斯，間或穿插的不諧和音與末晴的表情逐漸重合。

「……好厲害。」

讚嘆脫口而出。

越看越是興奮得發麻。內容充滿讓人想捂住眼睛的瘋狂，卻兼具不可思議的帥氣及性感而勾住目光。

「我也辦得到嗎……？」

這是身為演員的習慣。看了難演的角色，忍不住就會思考自己是不是也能演好。

說起來，要演好這種瘋狂…………希望是可以，卻有困難。

自己演的話，八成會留有稚氣和可愛的印象。假設那可以靠化妝巧妙掩飾——

「——八成還是不行……」

恐怕……肯定會留下一點點賣俏的味道。

再提到末晴在廣告裡表現的耍笨演技，真理愛要演也有困難。

「好厲害……末晴哥哥果然好厲害……」

這兩種演技之間的落差，起伏實在太大。

越看越受到吸引，光看就覺得心動。

果然沒有褪色。當時閃耀奪目的才能，如今仍綻放著璀璨的光輝。

「好棒喔……末晴哥哥……好棒……這種演技，連人家都辦不到……人家還是沒有追上末晴哥哥……」

不過正因如此——

「人家又可以繼續追趕了……不會再感到寂寞……人家不是孤獨的……因為人家所努力的方

向上……有末晴哥哥在……」

「真理愛……」

姊姊將手帕遞過來以後，真理愛才發現，有斗大的淚珠從雙眼滴落。

「……真是太好了呢。」

「……嗯。」

比賽的結果已經不用關注就知道了。

＊＊＊＊＊

十月三日，星期二，廣告投票結束後隔天的放學後。

哲彥找了末晴、黑羽、白草，在演藝同好會——通稱「群青同盟」當成社辦的第三會議室一起舉杯慶祝。

「大家當然都曉得嘍，廣告比賽……我們拉開一倍以上的票數差距，大贏一場啦！那個臭老闆活該！來，乾杯！」

「「「乾杯！」」」

乾杯用的是運動飲料「水洋洋」。

剛才白草的父親說要紀念比賽獲勝，就先送了每箱裝有500毫升×二十四瓶，共二十箱之多的現貨過來。據稱是給他們四個人的一年份贈禮，問了才曉得有一天三瓶×三百六十五天×四人份可以隨意取用。

一點也不讓人高興，不可能喝得完吧。有錢人的想法就是這麼難懂。不過……體育社團應該想要，當成交換籌碼是有用。

當哲彥這麼思索時——

「來嘍，這是你們訂的萩餅喲～～！」

玲菜雙手拎著購物袋闖進社辦了。

袋子裡面裝著大量萩餅。黃豆粉萩餅十個、紅豆餡萩餅十個，總計二十個的萩餅大餐。

「噢噢，等妳好久了！玲菜！」

「那我把收據擺在這裡，歡迎再度利用喲！」

話說完，玲菜便匆匆離去。

末晴搶也似的伸出手，然後狼吞虎嚥地吃起大量萩餅。

「好吃～～！碳水化合物超讚啦～～！」

「太好了呢，小末。之前你一直都不能進食。」

白草心情絕佳。她的臉龐毫無冷漠，還看著末晴吃東西的模樣，微微地笑著。

畢竟她讓末晴在廣告與音樂宣傳片中主演自己撰寫的腳本，實現夢想後還獲得勝利，甚至在音樂宣傳片中軋一腳演女友，心情當然會好。

「哎喲～～！你從早上就都在攝取碳水化合物耶。做姊姊的有點擔心喔。」

黑羽說教歸說教，心情似乎也很好。

「不過哲彥居然會請客，我看明天要下雪了吧？」

「我沒說過要請客啊。」

「啥？」

哲彥側眼看著末晴的呆臉，並確認了從玲菜那裡拿到的收據金額。

「我有說會準備飲料和食物，但沒有說過要付錢。可知的老爸已經跟我講好了，把收據交過去以後就會幫忙銷帳。因為我們在廣告比賽中贏了，這似乎算是優待。」

「原來如此，明天的氣象預報應該是晴天。」

末晴一面用手機確認氣象預報，一面又把萩餅塞到嘴裡。

這次的廣告比賽——白草想出了運用雙重結構，靠廣告和音樂宣傳片營造落差感的企劃，大家一致認為最高榮譽獎非她莫屬，然而要頒努力獎的話就該給末晴了。

廣告的部分在學校就能攝影，成員也都到齊，因此沒兩下就拍完了。

問題在於音樂宣傳片，先是透過白草的父親跟迷幻蛇取得聯絡，然後哲彥與末晴一起過去當面交涉。對方也希望製造話題，所以就答應了吃緊的拍攝行程，不過拍攝內容可謂「考驗真功夫的工作」，使得末晴主動停止攝取碳水化合物。

『假如要拍這部宣傳片，我把自己逼到臉頰消瘦絕對比較好——』

哲彥聽了他說的話，就覺得這傢伙果真是職業的。然而末晴得意起來會讓人不爽，哲彥便決定不把想法說出口。

末晴獲得志田家協助，毅然執行足以勒緊神經的斷食，直到拍攝宣傳片當天，他的雙肩已經蘊藏著瘋狂。

白草的企劃要有末晴才能實現，即使她的企劃再精彩，缺了末晴就絕對無法贏。因為有他們倆才贏了比賽，這一點毋庸置疑。

「哎，我也認為你在斷食這方面幹得漂亮。」

「居然能聽見哲彥稱讚，真難得……」

「虧你可以為了攝影那樣瞎搞。」

「啥？那才不叫瞎搞。我是希望拍得開心，才會全力去拚。『群青同盟』本來就是要追求開心的同盟吧？既然如此，出全力不是當然的嗎？『就是要拚盡心力才開心吧』？」

「——————」

啊～～真的是傻瓜會有的想法。不過正因為人傻，才會跳過各種理論而掌握到本質。

所以哲彥說了他一句。

「你要蠢啊？」

「唯獨你沒資格說我啦！」

「欸，那是我要講的台詞！」

當雙方像這樣鬥嘴時，白草就看著手機並來找哲彥搭話。以前她看男生鬥嘴會怕，現在好像已經沒有什麼感覺了。

「甲斐同學，收據都到齊了嗎？」

「嗯？對啊，玲菜的是最後一張。」

「爹地說他跟校長打完招呼，要回去了。聽說飲料都已經搬進倉庫了喔。」

「ＯＫ。妳家老爸現在人在哪裡？」

「他說在校門。」

「我明白了。」

哲彥擱下末晴等人，離開社辦。

到了校門，將西裝穿得無懈可擊的白草父親——總一郎把手擺在黑色轎車上，佇立於車旁，宛如中年男性閱讀的時尚雜誌當中會有的一幕。

「不好意思，讓您久等了。」

「……只有你來啊。」

哲彥對奇妙的停頓感到在意，但還是坦然點了頭。

「當著人前交款不太妥當。我們到車上好嗎？」

「……可以啊。」

對方似乎有話要談——哲彥如此察覺。

哲彥坐進副駕駛座並把收據交出去以後，駕駛座上的總一郎就拿出糖果，遞了過來。

「戒菸之後，我一直糖不離手。」

「……嗯，我不客氣嘍。」

草莓味在哲彥口中擴散開來。

「所以呢，請問有什麼事？我的耐性不算好耶。」

「……我這邊已經大致查清了你的背景，不知道這麼說你懂不懂。」

「哦～～」

哲彥用臼齒咬碎嘴裡的糖果。

「我就是因為這樣才不喜歡有錢人。」

「你打算怎麼帶領『群青同盟』還有『群青頻道』呢？難道說，『你想用來當成報復赫迪·瞬……也就是你父親的道具』？」

「…………」

「『你會接近小丸，是因為可恨的父親當年就跟經紀公司有關聯，而小丸正是經紀公司裡最紅的明星』？」

哲彥深深地嘆了氣。

唉，就是這樣。

——他就是因為這樣，才對有錢人深惡痛絕。

哲彥認命以後，決定跟對方稍做說明。

談話告一段落，哲彥從副駕駛座下車。

「那麼，『群青同盟』就麻煩您支援了。」

「嗯，法律和稅金方面的事我都會處理好。不過我有點訝異。」

「……訝異什麼呢？」

「『比起父母的事，你對那孩子的遭遇更感到憤怒』。」

哲彥刻意當著對方面前嘆了氣。

「呃……我會發飆喔。」

「啊啊，抱歉！別誤會，我並沒有惡意！畢竟我本來是想如果你只惦記著復仇，就不打算支援這樣的人。」

「您想說的就這些而已嗎？」

「如果有什麼事情要幫忙，我會聽你的需求來賠罪。有嗎？」

「……那麼，幫我一件事就好。我有個學妹叫淺黃玲菜，能不能定期將『群青同盟』的相關工作交給她辦？當然是以不影響學業為準。然後我希望您能定期支付一定的薪酬給她。」

「那個『同父異母的妹妹』，是你自己查出來的嗎？」

嘖，居然連這些底細都被摸清楚了……

哲彥搔了搔頭。

「嗯，對啦……就算母親精神崩潰，我們家本來就有錢，所以還是能過日子。可是那女孩家裡就窮了。」

「我懂了，這件事我沒理由拒絕。能聽你主動這麼提議，我反而覺得高興。」

「什麼跟什麼啊。有錢人都是熱愛插手管閒事的生物嗎？」

好比某個姓阿部的學長，或者某個單名充的學長。

不過，哎，跟某個叫阿部充的學長一比，對方到底是成年人，故弄玄虛又充滿餘裕的笑容可謂典範。

「順帶一提，這件事請勿外傳。玲菜也不曉得我是她哥哥。」

「既然你這麼說，我會注意。」

「還有目前察覺最多的人是志田，請您在她面前真的要小心。」

「……這樣啊。」

總一郎為之瞠目。

太多人不明白黑羽有多可怕了——哲彥心想。

那個女生不是普通人。假如是普通人，在青梅竹馬的關係下告白以後，被甩掉一次就已經完全落敗了。

「至少，您女兒可沒辦法贏得輕鬆喔。」

「那無妨。我呢，想將『無以倫比的青春』獻給阿白這個女兒。與其留下大筆財產，我認為那會是更加美好的贈禮。支援你們的活動，到頭來也只是為了這點理由。」

情場競爭也屬於青春的一環嗎？所謂的善人，實在無可救藥。

「那樣算溺愛喔。不對，可以說是傻父母了。」

哲彥開口挖苦，總一郎就自豪地說：

「你不知道嗎？為人父母——勢必會變傻的。」

後會有期──總一郎講完以後，催了油門離去。

哲彥用力踹飛掉在附近的石頭。

「──所以我才討厭大人。」

「真巧。我也不太喜歡大人呢。」

煩人的大人好不容易走了──卻又有人不知從何冒出，也不知道他看見了多少。

有錢又熱愛多管閒事的某學長十分自然地站到哲彥旁邊。

「呃，不好意思。請問你是哪位？突然被陌生人搭話真的很可怕耶。我要報警嘍？」

「你的執拗程度可以申請金氏紀錄呢。行啊，要報警請便，反正我不會困擾。」

「我可是在諷刺你耶。」

「我當然是明知如此才回話的啊。」

哲彥咂嘴了。態度從容成這樣──這個叫阿部的男人實在討厭。

「那麼，學長辛苦嘍～～」

隨口問候的哲彥打算回社辦，阿部就立刻跟他齊步並進。

「能不能陪我談談？我有事情想問你。」

「可是我沒有什麼想談的耶。」

「這次的事情，我並不算毫無關係喔。」

「……比方說？」

「帶總一郎伯伯到你們社辦的人是我，之後帶他到校長室的也是我。」

「啊，那就謝謝學長嘍。雖然我覺得幾乎扯不上關係。」

「還有，在廣告比賽期間還有結束後，我都做好了『當群青同盟的成員出事時隨時可以提供救援的準備』。哎，姑且當成保險啦。」

哲彥留步了。這段路會行經辦公室所在的副校舍後頭，要到社辦所在的體育館也算捷徑，因此幾乎沒有閒人路過，要談話是最適合的場所。

這表示阿部早就察覺赫迪．瞬的危險性，還採取動作確保比賽公平，防範經紀公司會有不當的行為。比如有暴徒攻擊末晴，讓他拍不了廣告的話就完了。如果廣告比賽輸掉，末晴也有可能被操到不成人樣。阿部似乎是以第三者的立場幫忙做了準備，以便在這類「事端」發生的時候伸出援手。

哲彥嘆了口氣，然後靠向校舍，單腳微微屈膝。

「是誰拜託學長的？」

「沒有人拜託我。只是我聽白草概略提過這次的事情，為防萬一，我有拜託父親在緊要的時刻出面。」

阿部的父親是知名演員，對演藝界肯定大有影響力。

「做這些事完全沒有好處，甚至也沒有人會發現，真虧學長肯主動出力……」

「我並不覺得吃虧啊，因為我想看丸學弟有更多活躍。」

「……之前我聽過這一套了，學長還是省省吧。」

「是嗎？」

無論回話再怎麼尖酸，對方都是一臉笑咪咪的。對付這種人，會讓講話刻薄的自己像傻瓜一樣，所以才令人討厭。

「所以，學長想講的就這些嗎？」

「不，接下來才是正題。雖然聽白草和總一郎伯伯概略提過來龍去脈，但我有件事想問身為當事人的你。」

「……只要是可以簡單回答完的事，學長儘管問。」

「能不能跟我分享主要的成員是輸或贏？當然用你的主觀就行了。」

啊～～這個臭學長，居然滿懷期待地在觀望這次的事。大概是因為這次身為局外人，他才能毫無顧忌地旁觀取樂。

哲彥一面咂嘴一面反問：

「學長是怎麼看的？」

「感覺丸學弟和白草算是大獲全勝吧？這次的事情讓他們兩人都受到了大幅肯定，沒錯吧？丸學弟在業界依舊吃得開已是不爭的事實，白草於內於外不只是小說家，還展現了身為企劃者的才華。」

「……說來是沒錯啦。」

末晴藉這次的廣告和音樂宣傳片提高了身為演員的評價。既然比賽獲勝，就不會有負面風評，如今末晴應該能加入任何一間經紀公司，因此結果不可能算壞。

白草同樣是贏家。

在告白祭上霸占告白活動是白草的主意，但她只有參與企劃。不過這次從整體企劃到腳本內容都可說是從白草的腦袋而來。要下標題的話，便是「白草製作人安排末晴主演廣告　比賽順利獲勝」，白草算是真的完成了從小以來的夢想吧。多虧如此，她的心情一直很好。

「這次輸的只有經紀公司的那個臭老闆啦，感覺我們同盟的成員都沒輸。只是——」

「……只是？」

「『最大的贏家應該是志田，第二名則是我』。」

「志田學妹是最大贏家……？」

阿部似乎無法置信。從局外人的角度應該就會這麼認為。

可是他錯了。這次騷動幾乎全照著黑羽的料想發展。

……

…………

『……哦～～要不然，我談談自己的推測好了。今天有個叫淺黃玲菜的女生來我們班嘛。』

這是之前在黑羽早退那一天，哲彥被末晴交代去她家偵察並探望所發生的事。

黑羽在當時就已經發現哲彥跟玲菜之間不為人所知的關係了。

『你對那個女生付出的關心，感覺並不合你的作風。我猜呢，那個女生大概是你的親戚吧？從你們的距離感來想，差不多算表親？而且知道這層關係的只有你，那個女生應該並不知情。』

實在恐怖。哲彥第一次讓黑羽看見他跟玲菜相處，就被推敲出這麼多。

黑羽還對赫迪．瞬的存在有所察覺。

『既然這樣，可見演藝界有你的敵人，對不對？那應該也算是你跟小晴交朋友的原因吧？當然我明白剔除這一點不談，你跟小晴還是很合得來……不過看你的舉動還有其他蛛絲馬跡，我從以前就覺得沒有那麼單純。』

雖然沒有連具體的關係都看穿，卻已經識破了立場。所以黑羽發現這次雙方能達成合作，才會主動要求聯手。

哲彥實在掩蓋不住一切，只得向黑羽透露：「末晴那間經紀公司的老闆是人渣，而且會跟我們為敵。」當然他還是隱瞞了赫迪．瞬就是他父親。

黑羽考慮到這些而說出的計畫有足以讓哲彥戰慄之處。

『那麼，我更不想讓小晴復出演藝界。』

『──「我打算讓自己失憶」。』

『雖然卑鄙，但我覺得這是最妥當的做法。』

『用這種方式，我跟小晴之間的問題就會暫時消失。』

『剩下的問題只要能阻止小晴復出演藝界，就有辦法克服。』

『目前小晴心裡對我有陰影，不過只要我失憶，他一定會擔心，還會設法拉近跟我的距離。那樣一來，花點時間就能消除他心裡的陰影。』

『我也打算陪小晴去拜訪經紀公司。』

『倘若如你所說，老闆是個人渣，他肯定也會對我惡言相向。』

『小晴討厭自己身邊的人被譏諷更甚於自己被譏諷。所以失憶的我要是受到老闆欺負，回經紀公司復出的事八成會告吹。』

──到這裡為止，都在黑羽的料想之中。

而結果……事情幾乎全按照她說的發展。

（志田真的該轉生到異世界當軍師比較好啦。）

才能發揮的地方錯了。她這種才能應該要用來拯救世界，只用來讓喜歡的男生回心轉意，感覺未免可惜。

……不對，「正因為她想讓喜歡的男生回心轉意，腦袋才會這麼靈光吧」。

初戀真是恐怖。

………

……

…

「嗯，所以嘍，志田下的定義是『只要末晴不回演藝界就算獲勝』，因此目前算她完全獲勝了。再加上末晴到現在仍然沒有跟任何人湊成對，拍廣告忙來忙去也讓他心裡的陰影消失得差不多了，在不知不覺中就跟志田回到以前那種青梅竹馬的距離啦。學長你想想看嘛，告白祭過後，志田曾經和末晴處於不能講話也不能接觸的狀態喔，可知原本算是超有利的喔。可是她們不知不覺中就回到同一條起跑線了耶，無論怎麼看都是志田大獲全勝啦。」

「啊，原來如此。這次白草確實實現了夢想，在戀愛方面卻是不進反退。」

哲彥手插口袋，抬頭仰望蔚藍的天空。

「總結來說，這次的事件就是『末晴要不要回演藝界』的拔河比賽。然後，經紀公司和真理愛屬於演藝界那邊，我跟志田則屬於學校這邊。我是因為贏了才能笑著說這些，原本我們可是不利到了極點。照我的觀感，待在中間的可知要是傾向演藝界，這場比賽十之八九會輸。」

「……對了，白草曾經忽然眼神發亮地對我提到她以往的夢想就要實現了。那該不會——」

「應該是我提出了『群青頻道』企劃的關係吧。因為我讓她明白，想實現夢想的話就要加入我們這邊比較好。不過我們在經紀公司的時候，差點就被那個人渣老闆挖牆腳。哎，雖然以結果來說是贏了。」

「……你明知道白草會因為這件事在戀愛路上倒退走，還故意這麼做吧？心思真壞耶。」

「哎，這次我是跟志田利害一致才會聯手。何況是可知自己選的啊。」

哲彥若無其事地說，阿部就聳了聳肩。

「只不過，說起來恐怕連志田都會覺得這次的『戰果豐碩到超乎預期』。」

「……從哪一點而言呢？」

哲彥踹飛腳邊的石頭。

「學長有聽說末晴是為了志田才拿紅酒淋那個臭老闆嗎？」

「沒有你講的那麼明確，不過多少知情。我辦不到那種事呢……令人佩服。」

這個人是如此完美，對末晴肯定也抱著敬意，卻有一股自認不如末晴的自卑感若隱若現。

「學長不認為從某方面而言，可說末晴選擇了志田，還把她看得比演藝界更重要嗎？」

「……原來如此，確實是這樣。」

「這樣志田當然高興啊。有資質成為明星的男生寧可拋下金錢、榮譽和讚賞，也要選擇自己耶。她高興得心都飛上天了。坦白講，從廣告比賽開始後，志田的心情反而好得讓人害怕。末晴斷食的期間，她非常設身處地支持他耶。希望志田不會得意過頭又自己跌入陷阱。」

「我倒認為丸學弟沒有想那麼多。」

「哦～～學長還滿冷靜地在觀察末晴耶。嗯，那傢伙八成沒想什麼吧。老實說，當時就算被罵的人是可知，末晴應該還是會發飆。換成真理愛也一樣……不，或許連我被罵都會讓那傢伙發飆。他就是這種人啊。」

「我仍然覺得他值得欽佩。」

哲彥聳了聳肩。

「哎，我的豐碩戰果是可以理解的吧。『群青同盟』以及『群青頻道』已經廣為大眾所知，又保住了期望中的成員班底。末晴與可知的活躍讓我們進一步獲得了肯定，往後一定會有各種工作來委託我們。」

「姑且誇你做得漂亮吧。」

「謝謝學長嘍。」

另外要提到這次事情的主要成員，真理愛應該也算在內。

這麼說來，她在廣告比賽中成了對手，卻沒有採取敵對的行動，立場頗為模糊。就這一點而言，真理愛看起來也沒有執著於輸贏。既然如此，目前的發展對她是否稱得上勝利呢？

當哲彥如此運作心思時，目光忽地停到了某個出現在體育館後頭的少女身上。

（──啊啊，什麼嘛。）

哲彥笑了出來。

看少女那副表情就曉得。

在這場比賽中──她一樣是大贏家。

＊

「因此，我是這次轉學過來的桃坂真理愛，請大家多多指教。」

完美無缺的妹系美少女帶著嫣然微笑出現在演藝同好會，亦即「群青同盟」的社辦，讓現場瞬間僵凝。

「……這是怎麼回事，小末？」

「……小晴，說明情況。」

「等一下！為什麼妳們非要講得像是我有錯！」

我想要大力辯駁。這次，我才沒有做錯什麼事。

當我搖頭哀求時，真理愛就用雙手捧住臉頰，害羞似的說：

「因為末晴哥哥說他希望得到人家——」

「我明白了，小桃！妳安靜別講話！」

這女的該不會是來向我索命的暗殺者或什麼來著吧？剛才她用一句話就讓氣氛變得跟煉獄一樣，我都不覺得自己還活著耶。

「——讓我做個精確完整的交代。」

我對黑羽和白草緩緩說道：

「小桃會來找我，本來就是為了向我求救。」

「……求救？」

黑羽瞇起眼睛。

「對。然後我在聽到廣告比賽那件事時就忽然開竅了。小桃是受了那個臭老闆折磨，想要我伸出援手，所以比賽條件才加上了當我們贏的時候，她可以離開經紀公司。是這樣吧，小桃？」

「完全不是那樣耶。」

「…………………………咦？」

我的眼睛發直了。

「人家又沒有被瞬先生折磨。事實是瞬先生雖有能力，但因為彼此合不來，人家就想離開經紀公司。所以這確實成了一個好機會，讓人家解脫了。」

「……咦，妳沒有向我求救嗎？」

「有啊。人家——一直對愛感到飢渴。」

「「……哦～～」」

黑羽跟白草二重唱。

好恐怖！我第一次聽見這麼沒有感情的「哦～～」！

「人家心裡……好寂寞。但是多虧末晴哥哥的愛才讓人家得到解脫！」

「嗯，這樣啊，原來如此～～……小晴，她講的愛是指？」

「是喔，哦～～……小末，你做了什麼？」

我感受到生命危險，心跳急遽加速，冷汗止不住。

「不不不，我並沒有跟她提過什麼愛……」

「哥哥為了解救人家，還不惜跟瞬先生對抗不是嗎？這已經算是愛了。」

「那種愛肯定屬於兄妹之情啦！」

我這麼斷言以後，黑羽和白草頓時睜圓眼睛，並且微微一笑。

好厲害，她們的心情一下子就恢復了耶！

不過說真的，這該怎麼看待呢？

我想黑羽和白草對我都是有好感的，可是我分不出是哪種喜歡。

畢竟那要是戀愛感情，為什麼我會被甩掉？哎，黑羽現在失憶了，或許她對我是單純抱有戀愛感情啦，但考慮到我一度被甩掉那件事……嗯～難道我是被當成寶貝寵物來對待嗎？

「末晴哥哥，怎麼會……明明人家這麼思慕哥哥……」

考慮到這些，真理愛對我就是直來直往的好感，我不必為了屬於哪種好感而煩惱，可以坦然地為此慶幸。只不過——

「抱歉，小桃……」

大概是我照顧真理愛的期間太長了，起碼在目前我對她並沒有戀愛感情。

明明真理愛長得超可愛耶……黑羽一開始也算在青梅竹馬的範疇，才沒有被我當成戀愛對象，兩者似乎是類似的……

嗯……？「反過來講，那不就跟黑羽一樣，只要有契機，真理愛也會變成戀愛對象」……

不，現在別思考這些好了。

無法接受對方心意讓我過意不去，當我戰戰兢兢地往上瞟向真理愛，真理愛就帶著毫無陰霾的臉色微笑。

「沒關係喔，末晴哥哥，現在人家光是能待在哥哥身邊就很幸福了，才會決定轉學過來♡」

真理愛實在太雲淡風輕了。受到她那種開朗的態度影響，黑羽和白草也都愣住了。

「其實這六年以來，人家被演藝活動占用了時間，都沒有好好度過學生生活。所以人家覺得這是個不錯的機會。要是不累積這種任誰都有的經驗，常識會有所欠缺，更重要的是人家一直很嚮往開心的學生生活。」

「……這樣啊。」

我被迫過回普通的日常生活，才曉得那有多寶貴。

真理愛有體會到日常生活的寶貴，卻沒有回歸的契機。所以她才指望我這個當哥哥的，為了體認日常生活的寶貴而轉學過來嗎？

我想真理愛果然很聰明，這可不是容易辦到的事情。

因此我打算用全力支持她。

「我明白了，小桃，來得好，歡迎妳。」

「感謝你的歡迎，末晴哥哥。」

真理愛握住我伸出的手。可愛的學妹就此誕生。

真理愛應該是體會到被接納的真實感了吧。她轉過身，向黑羽她們低頭行禮。

「啊，各位，人家當然也會參加『群青同盟』。有末晴哥哥和人家擔任雙主演……這可不是低預算電影請得到的陣容喔！呵呵，我們已經算是無敵了！」

這孩子也有可愛的地方嘛。

真理愛的確是實力、人氣兼具，以戰力而言無可挑剔。就算要花大錢也會希望找她加入。

「啊～～不過，妳跟我搭檔的話，難免有點招搖過頭吧？那個老闆不會耍手段報復妳嗎？」

「大概會喔。」

「妳為什麼可以講得這麼不在乎啊～～小桃——！」

那就糟糕到不行了吧。我們只是普通的高中生，對方卻是大老闆，太吃虧了。

「因為人家姑且有先警告過他。」

照真理愛的說法，狀況似乎是這樣。

真理愛按照條件離開經紀公司，還去做了最後的問候。

於是——

『桃坂小妹，既然條件訂好了也不得已，但是妳最好先有會跟我為敵的心理準備喔。這一點，能不能也替我轉達給那些廢物？』

據說瞬老闆是如此表示。

因此真理愛就這麼回嘴了：

『人家會確實把話帶到。那麼，人家也要聲明一句，假如瞬先生堂堂正正地來對決，我們會欣然接受，但要是用上違法的卑鄙手段來攻擊我們，人家就會祭出至今建立的所有人脈和實力打垮你。請先做好心理準備。』

我告訴嫣然微笑的真理愛：

「妳怎麼就答應跟他較量了咧？這樣超挑釁的吧？」

「咦？畢竟有對手比較讓人鬥志旺盛，不是嗎？」

別看真理愛這樣，她身為演員有些地方還挺痴狂的。該說是滿心求戰，或者最愛找厲害的傢伙會一會？哎，不過她至少有警告對方別玩違法的手段，出狀況再來設法因應就行了吧。

我跟黑羽還有白草說起悄悄話。

「小桃加入大有好處喔，她是最強的新戰力。這樣群青頻道不就可以跟職業人士比擬了嗎？」

她們倆卻臉色黯淡。

「嗯～～雖然我明白小末的想法……」

「身為姊姊是有點介意耶……」

兩個女生好像略有不滿，但是哲彥八成會贊成。我也贊成。

投票的話將是二對二，再由真理愛自己表示贊成，就過得了這一關吧。

「哎呀，你們三個在社辦打情罵俏，會不會太不道德呢？」

說悄悄話好像讓我們無端遭受懷疑了。

我們三個各自否定說沒有那種事，真理愛就嫣然微笑說：

「啊，請妳們兩位別擔心。人家的心胸廣闊，因此就算末晴哥哥跟兩位外遇一下也不會介意的。」

「「……啥？」」

黑羽和白草釋出殺氣，真理愛卻依然保持笑容。

啊，演變成這樣就不妙了……

我偷偷操作手機，打某個號碼響了三聲。

「在學期間都還年輕，男性會三心二意是常有的事，不過請妳們想想看十年後。末晴哥哥應該會成為代表日本的影星，人家當然也會成為代表日本的女演員……或許已經去了好萊塢呢。那樣的話，夠資格站在哥哥旁邊的只剩人家……應該說其他人根本配不上……人家知道最後會被選上的是自己，因此對可憐的人們施捨一下也無妨吧，這就是人家的寬闊胸襟喔。」

「……這個女生是怎樣，把她用草蓆包一包從堤防扔下去會不會比較好？」

「……真巧呢，可知同學，我也在想同樣的主意。」

所以妳們倆怎麼只有在面對真理愛時就一下子變要好了啦！

「啊，末晴哥哥，人家隨時歡迎你，請儘管在高興的時候來找我喔♡」

看吧看吧，真理愛也都沒學乖，還講這種火上加油的話。

既然如此——

「……啊～～對喔，我有東西忘記了！要回教室拿才行！」

話說完，我就打開社辦的門逃走了。

「末晴哥哥？」

「欸，小晴！」

「小末！」

這種地方誰敢待啊！再繼續留在這裡，我會操心到死！

背後有腳步聲和動靜。她們三個都追過來了。

罕無人跡的體育館後頭。玲菜就站在那裡，旁邊還「擺了顯得自然又平凡無奇的紙箱」。

我對玲菜使了眼色以後就立刻彎下身，當場縮成一團。玲菜隨即用紙箱從上面蓋住，於是我眼前變成一片黑。

「玲菜！妳有沒有看見小晴！」

「他往那邊跑了喲。」

「謝謝妳，淺黃同學。」

「妳跟那個女生認識？」

「她在當萬事包辦的幫手，跟人家同樣讀一年級，下次妳要不要找她聊聊？」

「……說得也是呢。」

聲音逐漸遠去。但是考量到安全，我姑且靜靜地等了一會兒。

「可以出來了喲。」

「好耶～～謝謝妳嘍，玲菜！」

我拿出錢包，遞了一千圓給她。

「謝謝惠顧喲。」

為緊要關頭事先打的商量有了成效。

當我打電話響三聲就掛掉，表示是緊急求救的信號，玲菜要帶著紙箱到社辦旁邊待命。只要我成功逃過一劫，就會付她一千圓報酬。一切正如我的計畫。

當然玲菜要是不在附近，這招就不管用。所以說嘍，我頂多認為有聯絡到就算運氣好，結果她真的在耶。可靠的學妹。

「這麼說來，大大。」

「怎樣？」

「之前我忘記問了，你怎麼會跟阿哲學長當朋友呢？明明你們老是在吵架。」

「噢。」

她有問過這種事喔？因為不是什麼大不了的話題，我忘得一乾二淨。

我爽快地回答：

「我啊，只要被人發現當過童星，就會被要求表演些什麼或者叫我露一手，常常會聽見諸如此類的話。」

「說來也是喲。」

「我並沒有說那樣不行啦，不過到頭來只是湊個熱鬧吧？對方就站得遠遠的，只有我在表演，那些人只負責看，僅止於這樣的關係。」

「嗯。」

「可是唯有哲彥不一樣。」

高中的入學典禮結束，所有同學在班上做完自我介紹。

當我準備回家而來到走廊時，哲彥就拍了我的肩膀。

『——欸，你是當過童星的丸末晴吧？要不要跟我搞點有意思的事？』

剎時間，我有個念頭。對啊，這就是我想要的。

「所謂朋友，就是可以陪在身旁的人吧？彼此個性有可能不同，興趣也可能搭不在一塊……要說的話，多少有相同的部分是比較合得來啦，但根本找不到百分之百與自己相同的人，何況那些都算小事嘛。只有哲彥那傢伙肯找我一起做些什麼。換句話說，他會陪在我旁邊，所以我就跟他成了朋友。」

「哦～～原來如此～～」

玲菜似乎感到佩服。

「大大跟阿哲學長有點像喲，雖然我說不出是哪裡像。」

我揚起嘴角一笑，明確地告訴她：

「——就算只是開玩笑，也別說我跟那傢伙像好嗎？很傷人耶。」

「唔哇，這個人好麻煩。」

嗯，學妹好囂張。

所以我決定輕輕賞學妹一記手刀，讓她曉得學長有多可怕。

＊

「糟糕，萩餅吃太多了……」

「哎喲～～！所以姊姊才叫你適量就好嘛。晚餐怎麼辦呢？」

慶功會結束，我和黑羽踏上歸途。

從堤防看見的河川被陽光照耀，顯得輝亮閃爍。

「嗯～～今天不過去吃飯吧……可以的話，還是說之後讓我去妳家分一點吃剩的飯菜……」

「用餐時間因而變晚的話，完全就是發胖的必經過程嘛。那你還不如來我們家一起吃比較好，當然吃你吃得下的量就好。」

「啊～～說得對喔。不然就這樣吧。」

「是啊是啊，這樣才對。」

溫馨的時光流動著。

從我拒絕黑羽的告白以後，我跟她就不方便見面，第二學期開始後則像眾人所知的那樣。彼此的關係始終是一波未平、一波又起，有段時期還因為被黑羽甩掉而嚇得不敢跟黑羽講話。

然而經歷過廣告比賽，我們一起相處了不少時間，又回到自然的關係。

當然這是受到黑羽失憶，出問題的環節被統統歸零的影響居多。儘管失憶是件令人難過的事，在修復關係這方面確實大有助益。

但是不知道她失憶的症狀什麼時候又會惡化，進而對日常生活造成困擾。到時候，我無論如何都要幫助黑羽，畢竟我以往受過的恩情不是這樣就還得完的。

黑羽看了手機說道：

「啊，今天晚餐吃漢堡排喔。小晴，是你愛吃的耶。」

「真的假的……好想吃……可是我的肚子……嗯～那其他菜色呢？」

「有馬鈴薯沙拉和玉米湯，還有為我準備的醬油玉米湯。好耶，是我愛吃的。」

「……嗯？」

我不由得停下腳步。

「小黑，妳的味覺變回去了嗎……？」

她的味覺應該隨著失憶變正常了才對。

「咦？……啊，對，對喔！我的味覺已經變了！因為是我以前愛吃的東西，忍不住就高興了一下！糟糕糟糕……」

「什麼嘛，小黑，妳真迷糊。」

「就算這樣，我迷糊的事蹟還是比你少太～多了喔。」

像這樣拉長強調的語氣而顯得莫名可愛時，就是黑羽心情好的證據。

「啊～是是是，妳說得對。」

她講得太有理有據，我反駁不了。

「像之前小考的時候，你也粗心大意錯了好幾題吧？成績會不會有點危險？」

「……唔。」

自文化祭以來，嚴重的事情就如怒濤般來襲，坦白講我都沒時間讀書。多虧如此，學力正急速下滑。

「小黑妳一直都保持在前幾名耶，好猛。」

「哼哼。」

黑羽驕傲起來，還挺起大小恰到好處的胸脯。

「我做的努力不一樣啊。就連暑假時，小晴你也一直在暑修課睡大覺嘛，我都有看見喔。」

「…………小黑。」

「怎樣？」

「妳明明失憶了，為什麼會記得上暑修課的事？」

「…………」

「…………」

「…………」

「…………」

「…………」

「…………」

「…………嘿嘿♡」

「小黑～～～～～～～～～～～～～～～～～～！」

青梅竹馬俏皮地笑著對我吐了吐舌。

我痛哭的聲音響遍河岸，被捲積雲吸收而去。

OSANANAJIMI GA ZETTAI NI MAKENAI LOVE COMEDY

下集預告

下集會到海邊！泳裝亮相！
這次要拍攝以女生為主的
宣傳影片！

由於有廣告收入，
「群青同盟」的成員
敲定要到沖繩拍影片。

可是——
青春並不是只有
玩樂而已！

「——是的，很遺憾！
考不好的人要參加
由姊姊指導的惡補宿營！」

「嗚嗚嗚嗚嗚，
又被玩弄了～～……
我已經不敢再信任
小黑了～～……」

絕望的末晴！

「這是機會喔……
現在正是發動攻勢的時候……！」

反擊的白草！

「討厭♪
人家還要跟末晴哥哥
撒更多嬌啊♪」

[NEXT VOLUME] SHUICHI NIMARU PRESENTS

然後被逼到**困境**的**黑羽**

更加**放飛自我**！

「小晴……你現在已經……無法信任我了吧？

那麼，從現在開始——我會把要對你說的『喜歡』次數乘以十倍。」

「!?」

「怎樣，你有意見嗎？沒關係～～

反正只是我自己要講給你聽的～～既然小晴沒辦法相信我，當成玩笑話聽過不就好了？」

關係更加糾結，
青春失去控制。

青梅竹馬絕對不會輸的戀愛喜劇 3

VOLUME:THR

敬請期待！

後記

大家好，我是二丸。第1集發售後，人生首度迎接作品再刷，還敲定要改編漫畫，製作宣傳影片等等，超乎預期的銷量、發展、迴響，讓我每天都過著充滿驚奇與感激的日子。

老實說，由於有許多部分偏離了近年的輕小說戀愛喜劇王道，我已經做了大受批評的心理準備。比方不只是主打角色，更要追求故事方面的趣味，儘管我用了許多戀愛喜劇以外的敘事手法，情報量仍然不少，使得劇情與療癒感漸行漸遠，形成強迫讀者思考的故事結構。另外像主角末晴也是一個例子。

起初決定要以「復仇」作為主題之一的時候，若不用全力營造開朗的氣氛，即使能寫出「戀愛故事」，也無法寫成「戀愛喜劇」，感覺看不到銷路。

目前主流的輕小說主角形象，即使在作品裡的待遇相對較低，卻好像都不會犯錯，又多是吐槽者類型，還會有屬於自己的哲學。這是在塑造不容易感到壓力的主角形象，同時也是便於「自我投射」的主角吧？我是如此認為的。

起初末晴是設計成吐槽型主角，但是為了讓氣氛開朗就不得不寫成愛耍笨的性格。這反而屬於一兩個世代之前的主角形象，會犯錯、會被瞧不起，這幾點都不適合「自我投射」。或許光是笨的話實在無法融入現代，我就安插了體育漫畫的主角形象和編劇風格（有一項突出的技藝、在最後會覺醒）。

結果呢，寫出來的就是末晴……說來我本身是喜歡這種主角的。

青梅不輸的主題是「青春過度」，不如說第2集以後都會以此為主，而談到「青春」就會聯想到「犯錯」與「拿出全力」。動畫片頭的「奔跑」正是這種調性。無論要講的是「戀愛」或「友情」，青春就是要跑。因此我覺得氣氛必須開朗而寫出來的末晴，在不知不覺間成了我對於「青春」的直接印象。即使被人瞧不起，他還是會用自己的方式努力苦思，全力面對，並且對伙伴們懷有尊重的心。若各位不嫌棄，願意與我繼續支持這樣的他，便是甚幸。

啊，還有這一次我拜託編輯安排了下集預告！

談到輕小說的下集預告，我個人會想起《無責任三國志》。當時，我讀得非常雀躍。這次換成自己來寫，實在很高興。雖然下集預告的內容終究只是預定，若能讓各位感到一絲雀躍就太令人慶幸了。

最後誠摯感謝黑川編輯、小野寺編輯、負責插畫的しぐれうい老師從第1集持續到現在的關照。在推特上或寫信來聲援的各位讀者，儘管我沒辦法統統給予回應，但是我都會看，感謝你們。還有，由衷感謝願意支持我的所有人。

二〇一九年　八月　二丸修一

青春豬頭少年不會夢到迷惘女歌手

作者：鴨志田 一　插畫：溝口ケージ

咲太等人又碰上了未知的思春期症候群？
全新劇情展開的青春豬頭少年系列第十彈！

咲太等人升上大學，過著嶄新又平穩的生活，某一天——偶像團體「甜蜜子彈」的隊長卯月感覺怪怪的，總是少根筋的她居然會看周遭的氣氛……？咲太感覺事有蹊蹺，但是其他學生都沒察覺她的變化。這是碰上了未知的思春期症候群？還是——？

各 **NT$200~260/HK$65~78**

在流星雨中逝去的妳 1~5 待續

作者：松山剛　插畫：珈琲貴族

「夢想」與「太空」的感人巨作，
迎來最高潮的第五集！

平野大地回到高中時代。神祕學妹「犂紫苑」出現，說了「我就是蓋尼米德」告知自己的真面目……與幕後黑手「蓋尼米德」的對決、伊緒的失蹤、潛入Dark Web、黑市拍賣、有不死之身的外星生命、手臂上出現的神祕文字、來自過去的可怕反撲──

各 **NT$250/HK$83**

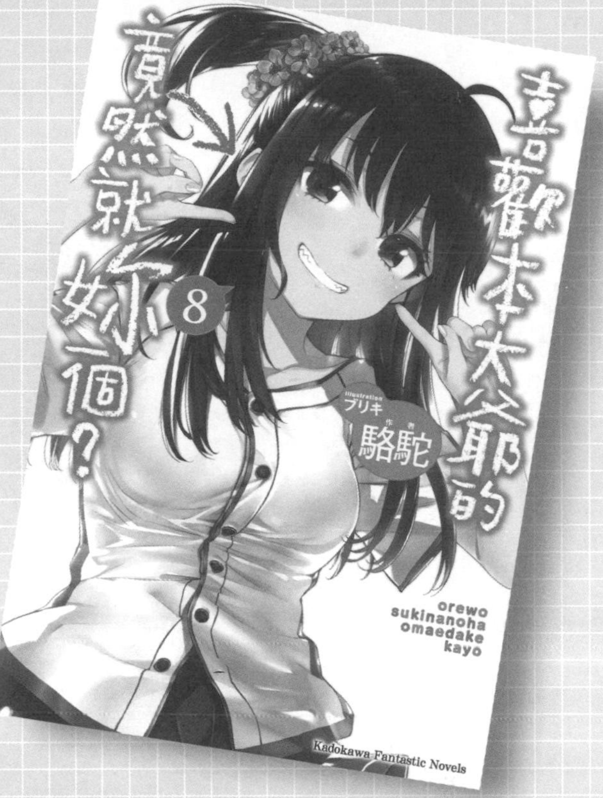

喜歡本大爺的竟然就妳一個？ 1~8 待續

作者：駱駝　插畫：ブリキ

「勝利的女神」以活潑公主的樣子出現？
棒球少年與自由奔放少女一起度過了夏天……

「勝利的女神」這種東西，會突然從體育館後面的樹上掉下來耶，還會不客氣地一腳踩進我的內心世界。投手和球隊經理漸漸縮短了彼此之間的距離……應該是這樣，可是有一天，公主突然對我說「再見」，然後就消失了。就先聽我說說這個故事吧。

各 **NT$200~250/HK$60~83**

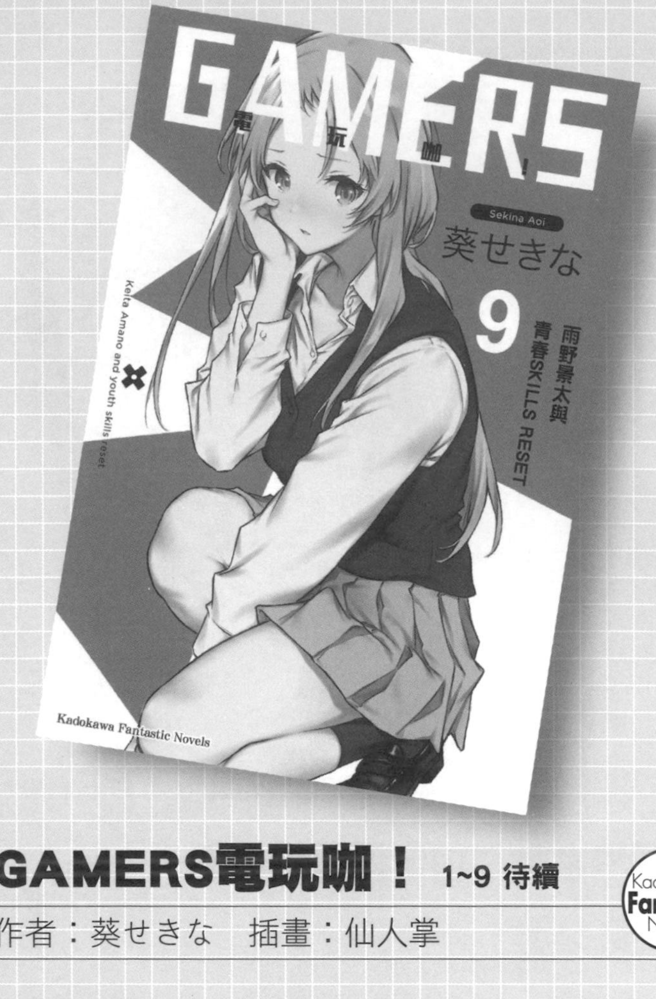

GAMERS電玩咖！ 1~9 待續

作者：葵せきな　插畫：仙人掌

走投無路的天道花憐終於下定決心！
另外，最強最惡劣的魔王現身了？

雨野景太和星之守千秋比以前更在意彼此，天道花憐提出關鍵性建議──「在這段情場追逐中，我們要不要定個期限？」另外，雨野面前出現最強新角色。「那麼，下次我就要雨仔的『嘴脣權』好了。」強制進入BOSS戰的彆扭落單「青春」宣告結束？

各 **NT$180~240/HK$55~75**

繼母的拖油瓶是我的前女友 1~2 待續

作者：紙城境介　插畫：たかやKi

「分手情侶」變成「兄弟姊妹」？
甜蜜卻又讓人焦急喊救命的戀愛喜劇！

水斗遇見了邊緣系御宅少女東頭伊佐奈，兩人意氣相投，發展成在圖書室共度放學後時光的關係？兩人超越友情的距離感讓結女焦慮不安。當伊佐奈察覺到自己對水斗的愛意時，結女還得以「水斗的繼姊」身分支持她？複雜交錯的「水斗攻略作戰」即將開始！

各 **NT$220/HK$73**

告白預演系列10

原本最討厭的你

原案：HoneyWorks　作者：香坂茉里　插畫：ヤマコ

HoneyWorks超人氣戀愛歌曲「告白預演」系列第十集！
《現在喜歡上你》續篇登場！

升上高二的虎太朗，仍單戀著自己的青梅竹馬雛。他在足球社的比賽中力求表現，也在文化祭時主動邀約雛，做了許多努力。在學校舉辦的隔宿旅行的夜晚，終於決定告白的虎太朗將雛找出來，但雛卻表示「我有喜歡的人了。我一直都喜歡著他」——

NT$200/HK$67

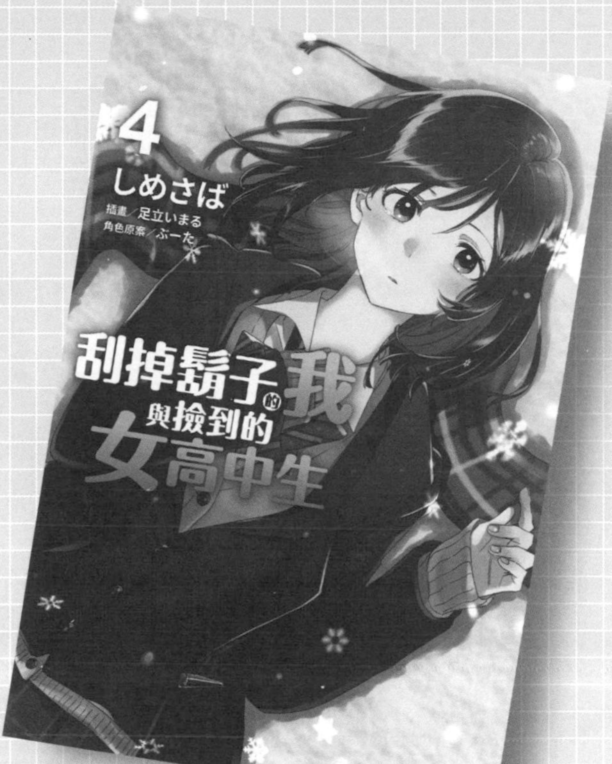

刮掉鬍子的我與撿到的女高中生 1~4 待續

作者：しめさば　插畫：足立いまる　角色原案：ぶーた

上班族 × JK，兩人的同居生活邁入倒數計時!?
日本系列銷售突破70,0000冊！

沙優的哥哥一颯突然來訪，兩人的同居生活突然面臨結束。回家期限在即，沙優緩緩道出自己的往事，關於學校，關於朋友，關於家庭。沙優為何會離家出走，而來到這麼遙遠的城市呢？這段日子跟吉田住在一起，她所獲得的又是什麼？事態急轉的第四集！

各 **NT$220~250/HK$73~83**

小惡魔學妹纏上了被女友劈腿的我 1 待續

作者：御宮ゆう　插畫：えーる

第四屆KAKUYOMU網路小說大賽
戀愛喜劇類「特別賞」得獎作品！

聖誕節前夕被女友劈腿的我——羽瀨川悠太，遇見了穿著聖誕老人裝的美少女——志乃原真由。身為學妹的那傢伙，總是捉弄著正處情傷的我，卻又看不下去我自甘墮落的生活而做美味的料理給我吃——相近的距離教人心焦，有點成熟的青春戀愛喜劇登場！

NT$220/HK$73

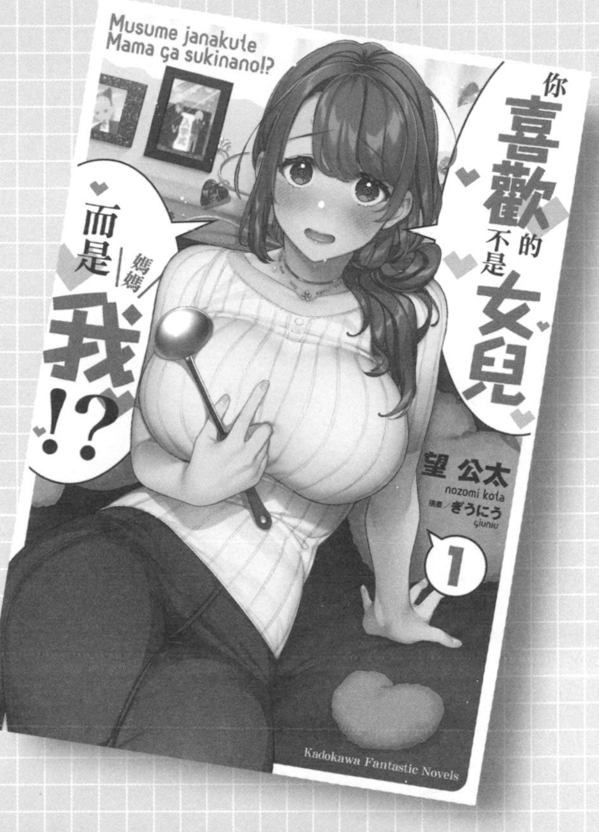

你喜歡的不是女兒而是我!? 1 待續

Kadokawa Fantastic Novels

作者：望公太　插畫：ぎうにう

單戀對象居然是青梅竹馬的媽!?
悖德（？）與純情交織的愛情喜劇，即將開演！

我，歌枕綾子，3×歲。升上高中的女兒最近和青梅竹馬的少年阿巧最近關係不錯……咦？阿巧有話要跟我說？哎呀討厭啦，和我的女兒論及交往好像太早——「……我一直很喜歡妳，請跟我交往。」咦？鄰家男孩迷戀的居然是我這個當媽的？不會吧！

NT$220/HK$73

國家圖書館出版品預行編目資料

青梅竹馬絕對不會輸的戀愛喜劇/二丸修一作 ; 鄭人彥譯. -- 初版. -- 臺北市 : 臺灣角川股份有限公司, 2021.02-

冊 ; 公分. -- (Kadokawa fantastic novels)

譯自 : 幼なじみが絶対に負けないラブコメ

ISBN 978-986-524-249-7(第1冊 : 平裝). --

ISBN 978-986-524-419-4(第2冊 : 平裝)

861.57 109020418

Kadokawa Fantastic Novels

青梅竹馬絕對不會輸的戀愛喜劇 2

（原著名：幼なじみが絶対に負けないラブコメ 2）

2021年5月24日　初版第1刷發行

作　　者：二丸修一
插　　畫：しぐれうい
譯　　者：鄭人彥

發 行 人：岩崎剛人
總 編 輯：蔡佩芬
編　　輯：孫千棻
美術設計：莊捷寧
印　　務：李明修（主任）、張加恩（主任）、張凱棋

發 行 所：台灣角川股份有限公司
地　　址：105台北市光復北路11巷44號5樓
電　　話：（02）2747-2433
傳　　真：（02）2747-2558
網　　址：http://www.kadokawa.com.tw
劃撥帳戶：台灣角川股份有限公司
劃撥帳號：19487412
法律顧問：有澤法律事務所
製　　版：巨茂科技印刷有限公司
ＩＳＢＮ：978-986-524-419-4